PICK
YOUR
ARDENCY!

꿈꾸지 않아도
빤짝이는 중

B 북폴리오

추천의 말

지구상 모든 사람의 로망인 여행하면서 일하기! 늘 말로만 꿈꿔왔던 삶을 실현하고 있는 두 사람을 나는 정말 좋아한다. 그리고 그들이 서슴없이 보여주는 날것의 이야기를 사랑한다. 삐까뚱씨를 구독하고 애청하며 새 영상 업로드를 매일같이 기다리는 이유다. 현재에 충실하며 매일을 재미있게 살아가는 청춘의 인생 여행기가 담긴 이 책을 통해 또 한번 유쾌한 대리 만족을 느꼈다.

- 김신영(코미디언, MC)

오랜 시간 가까이서 지켜본 브로디와 노아는 아주 웃기고 멋진 친구들이다. 웃긴 건 남자 둘이서 복잡스럽게 장난감으로 도배를 하고 사는 것이고, 멋진 건 그게 그들의 아이덴티티이자 영감의 원천이라는 것이다. 사실 멋진 게 더 크다. 혼자 활동하는 나로서는 이들이 각자 본업을 하면서도 상호보

완하며 일하고, 여행하면서도 함께 순간을 즐기는 걸 보면 저런 소울메이트를 만났다는 것이 때로는 부럽기까지 하다. 이들의 철없음이 왜 무책임해 보이지 않았는지 이 책을 보고야 깨달았다. 앞으로의 이야기가 더 기대되는 삐까뚱씨, 대성공 시대만 걸으시라!

– 이원지(여행 크리에이터, 유튜브 〈원지의 하루〉 운영)

이렇게까지 하고 싶은 거 다 하고 사는 청춘들이 있을까? 그것도 아주 생산적이고, 건실하게! 두 사람은 하루하루를 즐기고, 심지어 꿈까지 이룬다! 이 책은 그 방법과 타당성을 고스란히 담았다.

꽃은 꼭 봄에 피지 않는다. 아니, 피지 않아도 된다. 초록 이파리만으로도 세상을 충분히 누릴 수 있다. 삐까뚱씨가 온몸으로 증명하고 있는 중이다.

– 이석로(PD, 유튜브 〈공부왕찐천재 홍진경〉 연출)

프롤로그

저희는 '주책맞은 두 남자'를 표방하는 유튜버입니다. 세상이 많이 변해서 10년 전, 아니 당장 1년 전만 해도 사회적으로 인정받지 못하는 분위기였던 가치들도 이제는 많이 존중받고 있지요. 그런 의미에서 다행히도 다 큰 아재들이 주책맞은 짓을 하고 다녀도 귀엽게(?) 봐주시는 분들도 많이 계십니다. 정말 감사하게 생각합니다.

그렇다지만 면면으로 들어가 보자면 여전히 우리는 평생을 살아오며 학습해온 어떤 관습이랄지 사회가 만들어 놓은 울타리를 벗어났을 때 느껴지는 '앗!' 하는 지점들을 알고 있는 것 같습니다. '결혼 적령기'라는 나이에 결혼을 하지 않았거나, 부부 사이에 아이가 없다거나 하면 그 상황에 대한 질문에 답할 때 조금의 부연 설명이 필요하기도 하지요. 대학을 가지 않고 바로 사회생활을 시작하겠다고 하는 고3 학생, 의대를 나왔지만 꽃가게 창업을 준비하는 청년을 대할 때면 아직 우리의 사고회로에 약간의 브레이크가 걸리곤 합니다.

저희도 그랬습니다. 둘 다 이 세상이 요구하는 '안정적인' 진로의 바운더리 안에서 자랐고, 으레 그래야만 하는 줄 알았어요. 의무교육과 대학교육을 마치고 회사에 취직한 평범한(?) 대한민국 청년이었죠. 그런데 지금은 이른바 '불안정한' 삶을 자처하고 있습니다. 지금의 저희는 취업도, 결혼도, 노후 대비에도 별 관심이 없습니다. 아주 무책임한 소리로 들릴 수 있는 것 압니다. 그렇다면 우리는 그 무책임한 존재로서 하루하루 살아가보려 합니다. 미래를 생각하기에는 지금이 너무 재미있어서 어쩔 수 없으니까요…! 내일의 목표 같은 것들보다는 오늘의 재미를 따라 사는 게 아직까지 우리는 무척이나 행복하고 만족스럽다고 자신 있게 외칠 수 있습니다.

그러다 보니 이 무책임함이 어쩌면 가장 책임감 있는

삶을 만들 수 있겠단 생각도 듭니다. 우리는 과거와 현재, 미래 중에서 현재를 살아가고 있잖아요. 현재 내가 하는 생각과 행동, 그리고 그 선택들이 모여 바로 과거가 되고, 미래는 즉시 현재가 됩니다. 그렇기 때문에 현재를 가장 가치 있게 살다 보면 과거와 미래도 그 가치로 채워지는 거 아닐까요.

저희가 가장 좋아하는 가치는 '재미'입니다. 지금을 가장 재미있게 사는 것이 결국 인생 전체를 재미있게 만들 수 있는 것이라 믿기에, 저희도 책임감 있는 삶을 살고 있는 걸 수도 있어요. 근데 뭐 애초부터 이 책임이라는 것도, 다른 사람에게 대신 부여되는 것도 아니고 오직 나에게 부여되는 거니까 이런 삶이 망하더라도 내 삶이고, 잘되어도 내 삶인데 다시 한번 생각해보면 삶에 대한 책임감 여부는 결국 상관없는 것일 수 있겠네요.

어쨌든 브로디와 노아, 저희 둘은 성격도, 취향도, MBTI도 정반대인, 그야말로 아주 안 맞는 친구 사이입니다. 징글징글합니다. 그럼에도 불구하고 한 팀으로 살고 있는 것은 큰 틀에서 삶의 가치관이 같기 때문일 겁니다. 저희는 모든 결정에 있어서 가장 최우선으로 생각하는 기준이 '그 과정이 재미있는지'인데요. 인턴 동기에서 동네 친구로, 동네 친구에서 룸메이트로, 룸메이트에서 '삐까뚱씨' 유튜브 채널을 운영하는 동료로 발전하게 된 계기도 별건 없습니다. 그냥 같이 재미있는 일을 하다 보니 이렇게까지 된 거예요.

이 책을 쓴 이유도 마찬가지입니다. 저희 둘의 이야기를 담은 글을 쓰고, 그림을 그리는 과정이 재미있을 것 같아서 시작했어요. 이 재미라는 것이 밥을 먹여주지는 않지만 적어도 귀여운 수저 세트는 쥐여줄 테니까요. 자고로 귀여운 게 최고입니다.

"우리처럼 당장 회사에서 뛰쳐나와 칠락팔락 나만을 위해 재미있게 사세요!"라고 호소라도 하려는 건 절대 아닙니다. 단지 우리 주변 어딘가엔 나와 다르게 생각하며 살아가는 사람도 있고, 다양한 삶의 모습이 있다는 것을 조심스레 말하고 싶었어요. 이것은 자랑도, 그렇다고 위로도 아닙니다. 책의 내용에 공감하는 부분이 있다면 고개를 끄덕여주시고, 어떤 부분에서 이런 삶의 모습이 조금 못마땅하다면 '나는 이렇게 살지 말아야지' 하고 그냥 '재미있네' 여겨주셨으면 좋겠습니다.

글을 쓰며 가장 경계했던 것은 프리랜서로 살아가는 저희 모습이 마치 정답이라도 되는 양 느껴지는 것이었어요. 당연히 그게 현실도 아닐뿐더러 표준도 아닙니다. 혹시라도 글을 읽다가 그런 느낌을 받으신다면 '아, 얘네는 필력을 더 키워야겠구나' 하고 여유롭게 넘어가주시면 좋겠습니다. 또한 이 책에 쓰인 저희 생각들은 어디까지나 2024년 현재의 가치관임을 말씀드립니다. 개인의 가치관은 다양한 요인으로 언제든지 바뀔 수도 있으니까요. 네, 점점 변명의 글 같아지네요.

이 책은 전체적으로 브로디 시점에서 글을 썼습니다. 기본적으로는 브로디 입장에서 읽어주시되, 중간중간 노아의 글이 툭툭 튀어나옵니다. 그 부분은 별도의 표시가 되어 있으니 자연스럽게 노아 입장으로 시점 전환을 해주시면 됩니다. 그림은 주로 노아가 그렸어요. 삐까뚱씨 영상에서 저희가 대화를 주거니 받거니 하는 느낌을 글과 그림으로 최대한 표현해봤습니다.

여기 담긴 글과 그림은 저희가 삐까뚱씨로서 유랑한 많은 나라의 다양한 장소에서 탄생했습니다. 어떤 글은 프랑스 파리의 숙소에서, 어떤 그림은 케냐 나이로비의 한 카페에서, 지금 이 글은 대한민국 목포에서요. 그때그때 느꼈던 감정들이 뒤섞이듯 담겨 있는 이 책이 독자 분들께 그저 재미있게 읽혔으면 좋겠습니다. 저희는 계속 재미있는 걸 찾아 돌아다닐 거고요. 이 책을 보고 계시는 분들도 각자의 방법으로 재미있는 삶을 살아가시길 바랍니다.

정말 신기하게도 '기회가 된다면 우리 이야기를 담은 책을 쓰고 싶다'라고 생각하고 있을 때 텔레파시 통한 듯 출간을 제안해주신 북폴리오 정혜리 에디터님과 읽기 좋고 갖고 싶은 책으로 예쁘게 디자인해주신 김리안 디자이너님, 소중한 우리의 가족과 친구들, 지인들께 감사의 마음 전합니다. 그리고 삐까뚱씨가 존재할 수 있는 유일한 이유인 천군만마 같은 '빤짝이' 여러분들! 또 어떠한 이유에서든지 이 책을 펴보신 여러분들께 진심으로 감사드립니다.

미래를 생각하기엔 지금이 너무 재미있는 우리는
내일을 꿈꾸지 않아도 빤짝이는 중입니다.

2024년 5월

브리, 노아

PART 3 놀면서 일합니다

PART 4 행복은 바로 여기 이 순간에

PART 1

PK

지금 당장
재미있는 걸 하자

새벽 3시, 출근

"띠리링 띠리링, 띠리링 띠리링…♪"

언제 들어도 얼굴이 찌푸려지는 아이폰 알람음. 현재 시간은 새벽 3시. 한국은 한창 업무 시간인 오전 11시다. 눈을 비비며 일어난 곳은 프랑스 파리. 낭만의 도시라고 하는 이 파리의 새벽은 고요한 가운데 빛이 난다. 거리는 아직 잠들어 있지만, 달빛 아래에서 파리의 아름다움은 더욱 돋보인다. 파리에 도착해 하루 종일 맛있는 베이커리를 돌아다니며 빵지순례 유튜브 영상을 찍다가 저녁 9시에 잠이 들었다. 푹 자고 일어나 개운하게 맞이한 새벽 공기에 머리가 맑아진다.

눈뜨자마자 자는 사이 조금 오른 구독자 수를 확인하

고, 그들이 남겨준 소중한 댓글을 읽으며 미소를 짓는다. 그러고는 마음속 충만하게 차오르는 용기에 힘입어 침대에서 박차고 일어난다. 창문 밖, 파리의 밤하늘을 바라보며 흐른 시간을 되돌아본다. 유튜브를 시작하며 이국의 땅, 익숙하지 않은 숙소에서 잠을 깨는 일이 벌써 수년째인데도, 한국의 집이 아닌 곳에서 기상하는 건 아직도 적응이 되지 않는다. 그래도 이런 생경한 풍경이 주는 낯섦 속에서 우리는 영감을 찾는다. 작은 책상 위에는 맥북이 놓여 있고, 나는 지금 일하고 있는 프로젝트에 대한 아이디어를 정리하며 자리에 앉는다.

새벽 3시 파리에서 숨 쉬고 있지만 맥북을 열어 포토샵 프로그램을 켜는 이 순간은 한국의 시간과 연결된다. 약속된 업무 시간 내에 맡은 일을 처리해야 한다. 어느새 노아도 잠에서 깨 인스타그램으로 릴스를 보는지, 침대 속에서 다양한 소리가 뜨문뜨문 들려온다. 얼마 후, 자리에서 일어난 노아는 숙소에 있는 커피머신으로 커피를 한 잔 내리더니 빈 우유갑을 확인하고 특유의 말투로 혼잣말을 한다.

"아! 우유 안 샀잖니!"

우유 대신 얼음 네다섯 개를 찰랑찰랑 담고는 고개를 좌우로 흔들며 책상 옆자리에 앉는다. 노아는 충전이 완료된 아이패드로 그림 그리는 앱을 열고 작업에 몰두한다. 평소에는 "일 싫어~ 일 싫어~" 노래를 부르는 노아지만, 한번 집중하기 시작하면 옆에서 말을 걸어도 잘 못 들을 정도로 깊이 빠져든다. 작은 숙소 안에서 나는 딸깍딸깍 마우스를 클릭하며 디자인 작업에 열중하고, 노아는 아이패드 펜슬로 탁탁거리는 소리를 내며 일러스트 아이디어를 캔버스에 담는다.

마치 오케스트라의 화음처럼 느껴질 정도로 서로의 작업 소리가 조용한 공간을 가득 채운다. 새벽의 고요함 속에 숭고함마저 느껴지는 시간이다. 서로의 작업에 대해 깊이 있는 이야기도 나눈다. 같이 여행을 하다 보면 얄미운 부분도 많이 보이고, 지겹도록 싸우기도 하지만 각자의 분야에서 이렇게 영향을 주고받으며 서로를 발전시키고 때로는 의지가 되기도 하는 소중한 존재라는 것을 인

식하면 괜히 머쓱해지면서 존경심마저 조금 생겨난다. 우리는 친구이자 서로에게 중요한 동료다.

새벽이 주는 센티함 때문인지, 대화 중 감성(혹은 망상)에 차오른 내가 묻는다.

"근데 지금은… 그나마 젊어서 그렇지, 우리가 더 나이 들거나 더 실력 있는 사람들이 나타나서 클라이언트들이 더 이상 우리를 찾지 않으면 어떡하지? 우리 지금 잘하고 있는 걸까?"

그럼 노아는 대답한다.

"그러니까 한 살이라도 젊었을 때 많이 벌어놔야지!"

감성적인 질문에 찬물을 확 끼얹는 노아지만, 그 찬물은 내 안으로 스며들며 매번 정신을 차리게 해준다. 내가 일어나지 않은 일로 쓸데없는 걱정을 하고 있거나, 해결할 수 없는 일에 매달려 낑낑댈 때 노아는 항상 새로운 시선으로 문제를 바라본다. 그리고 단순하지만 정답이 될 수 있는 명쾌하고 긍정적인 해결책을 들려준다.

파리의 아침이 서서히 밝아온다. 노아는 먼저 작업이 끝나 다시 잠에 빠져들었고, 나는 디자인 시안을 마저 완성해 '최종.psd' 파일을 클라이언트에게 전송했다. 그리고 나도 잠시 눈을 감는다. 몇 시간 후, 파리의 거리는 활기를 되찾고 이제 우리에게 주어진 하루 중 두 번째 아침이 펼쳐진다. 따뜻한 물로 기분 좋게 샤워를 한 뒤 충전된 카메라를 들고 숙소를 나서며 우리의 여행도 다시 시작된다. 마치 우주에 떠 있는 작은 별처럼, 반짝이는 눈으로 새로운 이야기를 선물해줄 파리의 거리로 나간다. 그리고 카메라 앞에서 외친다.

"안녕하세요, 여러분~ 삐까뚱씨입니다!"

디지털 노마드

우리는 전 세계를 여행하면서, 한국에 있는 사람들과 일을 하고 있다. 인터넷만 있으면 바로 그곳이 우리의 사무실이 된다. 이른바 '디지털 노마드'. 접속과 동시에 세상을 향한 무궁무진한 기회가 열린다.

아주 어린 시절부터 디자인에 관심이 많았던 나는 초등학생 때 독학으로 디자인 프로그램을 공부했다. 중학생 때는 이미 프로그램들을 수준급으로 다룰 수 있게 되었다. 당시 우리 가족은 고층 신축 아파트에 전세로 살고 있었는데, 아빠가 다니시던 회사 사정이 어려워졌는지 여러 달에 걸쳐 임금이 체불되었다. 그 기간이 길어지며 우리 가족의 삶은 급격히 힘들어졌다. 회사 소속 영업택시 기사였던 엄마는 마침내 용기를 내 개인택시를 운영하기로 결정하셨는데, 그러려면 엄청난 자금이 필요했다.

아파트 전세금을 빼고도 모자라 추가로 빚을 내야 했다. 방 3개의 따뜻한 아파트에서 잘 살던 우리 가족은 거실도 없고 화장실도 밖에 있는 오래된 주택의 반지하 월세 집으로 이사를 해야 했다. 보증금 200만 원에 월세 20만 원짜리 비좁은 방에 살던 그때를 부모님은 몹시 힘들었다고 회상하시지만, 나는 다행히도 그 현실이 불행하다는 인식은 없었다. 그저 '이제 내가 알아서 경제적인 활동을 시작해야겠구나'라고만 생각했다. 고등학생이었던 형은 롯데리아에서 아르바이트를 했는데, 첫 월급으로 MP3 플레이어를 샀다. 그게 너무 부럽기도 하고 멋있어 보여서, 나도 형처럼 내 힘으로 돈을 벌고 싶었다.

지금 돌아보면 그런 환경이 일찍부터 나에게 자립심을 키워준 것 같다. 디자인 프로그램을 잘 다루기도 했고, 또 중학생의 신분으로 할 수 있는 일이 많지 않았기 때문에 온라인으로 아르바이트를 시작했다. 당시에는 이런 개념이 대중화되어 있지 않았지만, 그때부터 디지털 노마드로 활동한 이 구역의 선구자(?)인 것이다. 구직 사이트에 이력서와 포트폴리오를 만들어 올리고, 디자인 관련 재택 아르바이트 구인 공고가 나면 장르에 상관없이 마구 지원했다. 포스터 제작부터 홈페이지 만들기까지 꽤 많은 작업을 하며 용돈을 벌었다. 클라이언트와 전화 통화를 해야 하는 경우에는 일부러 목소리를 굵게 내면서 대학생이라고 신분을 속이기도 했다.

어린 마음에 그저 돈을 벌 수 있다는 만족감으로 시작한 일이었지만, 어쩌면 그런 일련의 과정들이 현재 디지털 노마드로서 살아가는 데 초석을 다진 시간이 아니었을까 싶다. 그렇게 쌓은 '경험치'가 지인들에게도 소문나서 학창 시절 교내 행사 포스터부터 각종 공연 포스터, 결혼식 청첩장 등 디자인 작업을 수도 없이 많이 의뢰받았고, 대학생이 되고 나서부터는 더욱 본격적으로 프리랜서 디자이너로서의 커리어를 쌓을 수 있었다.

노아의 경우에는 대학에 들어와서 처음으로 디자인 관련 일을 할 수 있었다. 그전까지는 피자 프랜차이즈 서

빙, 의류 브랜드 매장 아르바이트 등 몸으로 직접 뛰는 일들만 했다. 그림과 디자인은 어디까지나 전공일 뿐이지, 학생의 신분으로 그 능력을 활용해 돈을 벌 수 있겠다는 생각을 해본 적은 없었다고 한다. 시각디자인 전공이었던 노아는 처음 대학교 과제로 출품한 공익광고 공모전에서 우수한 성적으로 수상을 해, 학생에겐 큰 금액인 100만 원을 상금으로 받았다. 그때 받은 상금으로 평소 갖고 싶었던 옷과 신발을 살 수 있게 되면서 노아는 계속해서 옷을 사고 싶은 마음에 공모전 중독자가 되었다.

그러던 어느 날, 한 교수님이 수업을 마치고 노아를 따로 부르셨다. 그 교수님은 아동용 문구 브랜드 일을 하고 계셨는데, 스티커에 쓰일 일러스트를 그려달라고 제안하셨다. 공모 요강에 나와 있는 상금대로만 돈을 벌던 대학생 노아가 일러스트레이터로서 처음 발돋움한 계기였던 것이다. 당시엔 이 일에 대한 개념이 전무해 얼마를 받아야 하는지부터 어떤 식으로 일을 해야 하는지 아무것도 몰랐지만, 교수님이 잘 알려주신 덕분에 프리랜서로서의 프로세스를 정립할 수 있었다고 한다.

그 이후 우리는 각자 게임 회사, 화장품 회사, 출판사, 여행사, IT 회사 등 회사에 소속된 디자이너로 재직하며 일정한 수입이 있는 직장인 생활을 하기도 했다. 하지만 결국엔 조금 더 자신에게 잘 맞고 재미있는 일을 하기 위해 프리랜서의 삶을 택했다. 나는 코로나 시기 N잡러, 디지털 노마드, 프리랜서 등의 키워드가 엄청나게 유행하던 때 그 흐름을 잘 타 어느 정도 안정적인 수익 체계를 구축했다. 통장 잔고를 쌓아가는 것으로 성취감을 느끼며 자신의 존재 가치를 찾는 나는 휴식보다는 일을 하나 더 늘리는 것에 중점을 두고 계속해서 수익의 파이프라인을 넓혀가는 스타일이다. 그래서 일 하나하나의 업무량이 비교적 많지 않고 일종의 박리다매처럼 여기서 조금, 저기서 조금 돈을 버는 식이다.

반면 노아는 예술가 성향이 강해 여러 가지 일을 동시에 진행하기보다는 한 가지 작업에 깊게 빠져서 몰두하는 스타일이다. 그래서 작업 시간이 다소 걸리더라도 아웃풋의 퀄리티가 굉장히 높다. 웬만하면 클라이언트가 추가 수정을 요청하지 않는다. 일의 개수가 많지는 않지만 한

번 진행할 때 굵직한 일을 맡아서 하기 때문에 단가가 높은 편이다. 같은 프리랜서여도 이렇게 일의 스타일이 다르다. 그래서 각자 하는 일들은 크게 상관없는데, 둘이 함께 하는 일에 있어서는 어쩔 수 없이 갈등이 발생한다. 합을 맞춰가는 데 시간이 걸렸지만, 이제는 '입금'이 되면 서로 끌어안으며 수고했다고 격려하는 여유가 생겼다.

웰컴 투 브로디월드

전역을 앞둔 말년 병장 무렵, 군대 내 PC방(사이버지식정보방)에서 여행 블로그 콘텐츠를 구경하는 것이 나의 큰 낙이었다. 바깥세상은 넓고, 또 관심받기 좋아하는 나로서는 주특기인 디자인을 접목해서 나를 드러낼 수 있는 무대는 더 광활하다는 것을 느끼며, 밖으로 나가면 반드시 여행 블로그를 하리라 다짐했다. 드디어 전역을 하고, 즉시 블로그를 개설해 이것저것 소소한 나의 일상을 올려보기 시작했다.

새로운 소재를 찾기보다는 흔히 접할 수 있는, 그래서 바로바로 올릴 수 있는 것들을 찾아보았다. 군대에서 나랑 누가 제일 많이 편지를 주고받았는지 랭킹을 매겨보기도 하고, 군 시절 간직하고 있던 사진을 방에 꾸미는 과정도 기록해서 올렸다. 그런 평범한 일상에 사람들이 반응을 해주는 게 기대 이상으로 무척이나 재미있었다.

복학 후 나의 블로그 활동은 한층 날개를 달았다. 내가 굉장히 좋아하는 핑클의 성유리가 오랫동안 모델을 했던 화장품 브랜드 스킨푸드의 대학생 서포터즈가 되면서부터다. 처음에는 그저 화장품을 무료로 받는 게 신이 났는데, 사람들이 내가 올리는 콘텐츠에 관심을 보이자 블로그가 더욱 즐거워졌다. 콘텐츠를 계속 쌓아가다 보니 제품을 사용하고 이에 대한 정보를 제공함으로써 사람들에게 조금이나마 도움을 줄 수 있다는 사실이 점차 큰 자부심과 성취감으로 다가왔다.

그렇게 수년간 블로그를 통해 여러 브랜드의 서포터즈로 활동하면서 브랜드의 마케팅 전략과 업무 프로세스에 대해서도 많이 배울 수 있었다. 제품을 홍보하는 방법, 소비자들과의 소통 방법, 이벤트 기획 및 실행 방법 등을 브랜드의 관점에서 바라볼 수 있는 시각을 갖추게 되었다. 이 경험은 이후 디자인뿐만 아니라 마케팅과 브랜딩 역량을 키우는 데도 아주 큰 도움이 되었다. 실제로 나중에 스킨푸드의 마케팅실에서 디자이너로 근무하기도 했다. 재미있어서 시작한 블로그 활동이 돈 버는 수단을 넘어 직업으로까지 이어지게 된 것이다. 결국 블로그 덕분에 현업에 뛰어들 수 있었다.

블로그를 운영한다고 하면, 콘텐츠 개발을 위해 엄청난 노력을 쏟아부어야 한다고 생각할 수도 있겠지만 그렇지 않다. 오늘 점심에 간 식당 리뷰라든가, 인터넷에서 구매한 물건에 대한 후기, 내가 갖고 있는 아이템 소개 등 우리 주변에는 블로그의 글감이 될 만한 소재가 수두룩하다. 나 같은 경우 스타벅스에 신메뉴가 나오는 날에는 아침부터 달려가 맛을 보고 블로그에 후기를 남긴다. 그러면 점심을 먹고 스타벅스에 갈 예정인 많은 직장인들이 폭풍 검색을 하고 내 글을 본다. 블로그에 다 적지 못한 정보가 있다면, 댓글로 질문이 달리기도 하는데 이런 상호작용이 또 너무 재미있다. 내가 적은 글이 생각보다 많은 이들의 선택에 영향을 줄 수 있다고 생각하면 일종의 사명감 비슷한 것도 생긴다.

열심히 블로그를 하다 보니 방문자 수도 많아지고 자연스럽게 브랜드 제품 협찬이나 맛집 리뷰 등 다양한 요청이 들어온다. 대학 졸업 후 인턴을 하면서 경제적으로 힘들 때, 블로그 덕분에 당시 교제하던 여자친구와의 데이트 비용도 크게 절감되었다. 지금 생각하면 그 친구에게 너무 미안한 마음이 들지만 모든 데이트 코스는 협찬이 들어온 맛집 기준이 되었고, 우리에겐 메뉴 선택권이 없었다. 그냥 식당에서 제공해주는 음식을 먹으며 데이트를 했다. 심지어는 대학로에서 커플링을 직접 만드는 체험이 있었는데 헤어질 때까지(눈물 좀 닦고…) 끼고 있던 커플링도 그곳에서 블로그 체험단으로 만든 쇳덩어리였다.

아무튼 여기서 중요한 건 지질한 데이트의 역사가 아니라 그렇게 재미가 불씨가 된 블로그로 아주 많은 일들을 할 수 있었다는 것. 그리고 그 과정이 어렵지 않았다는 것이다. 블로그는 계속해서 내 수익 창출의 구심점이 되어줬는데, 급기야 '블로그 잘하는 법'에 대한 강의까지 하게 되었다. 글보단 영상 콘텐츠가 대세가 된 지금이지만 블로그는 나에게 떼려야 뗄 수 없는 기회의 보고다.

매일같이 집으로 도착하는 협찬 물품 택배들과 블로그를 통해 안정적인 수익을 거두는 과정을 지켜본 노아는 어느 날 본인도 블로그를 시작하겠다며 야심을 내비쳤다. 그러나 블로그를 개설한 당일, 바로 포기해버렸다.

NOAH 블로그를 하고 싶은 마음이 생겼지만 금방 포기한 결정적인 이유는, 내가 글쓰기를 매우 어려워하기 때문이다. 지금 이 짧은 글을 덧붙이는 것도 부담스럽다. 난독증이 있어서 글 읽는 것도 잘 못하는데, 쓰는 건 더 안되지! 브로디는 블로그에 글 쓰는 게 뭐가 어렵냐고 했지만 어려운 사람도 있는 거다. 못하는 거에 괜한 욕심 품지 말고, 내가 잘하는 거나 잘해야지!

제 직업은 10개입니다

2015년, 나는 야심 차게 유튜브를 시작했다. 그때는 우리나라에서 유튜브 플랫폼이 엄청나게 성장하는 초기 단계였는데 콘텐츠의 분야가 아직 그리 다양하지 않았다. 크게 나누면 먹방, 게임, 개그, 뷰티 정도가 대표적이었다. 막상 유튜브를 시작하려고 보니 나도 이 네 가지 카테고리 안에서만 골라야 한다는 생각이 들었다.

먹방 유튜버를 하자니 누구보다 많이 먹을 줄 알아야 하는 것 같았고, 게임 유튜버를 하자니 정작 게임에는 별 흥미가 없었다. 그렇다고 개그 콘텐츠를 다루기에는 재능적으로 불가했기 때문에 마지막 남은 하나인 뷰티가 나의 선택지였다. 화장품 회사에서 근무했던 경험 때문에 그나마 네 가지 주제 중 가장 자신이 있었고, 여성을 위한 뷰티 채널이 지배적이었던 당시 남자를 타깃으로 하는 뷰티 콘텐츠를 만들면 경쟁력이 있겠다고 판단했다.

초반에는 남자 뷰티 유튜버라는 타이틀로 살짝 흥미를 끌긴 했지만, 나는 잘하는 게 아니고 좋아만 하는 수준이었다. 뷰티라는 주제에 전문성이 부족하다 보니 콘텐츠를 계속 끌고 가는 핵심적인 힘이 모자랐다. 유튜브를 운영할수록 자신감이 없어지고 남들에게 내 채널을 소개

하기가 부끄러웠다. 그리고 무엇보다도 내가 하고 있던 일과는 크게 연관이 없어 이 '뷰티' 콘텐츠만을 위해 별도의 시간과 에너지를 쏟아야 하는 게 부담스러웠다.

그때 나는 회사를 다니고 있었는데, 아침 출근 후 업무 전 루틴이 특가 항공권을 검색해보는 거였다. 그야말로 여행에 미쳐 있던 시기였다. 여느 때처럼 회사에서 동남아 항공권을 알아보던 어느 날 문득 이런 생각이 들었다. '그래, 유튜브를 계속할 거라면 내가 관심만 갖고 있는 뷰티 분야보다는 차라리 미쳐서 즐기고 있는 이 여행에 대한 영상 콘텐츠를 만들어보자.'

그렇게 뷰티 유튜버에서 여행 유튜버로 전직을 하게 된다. 여행 유튜브를 운영하는 일은 뷰티 콘텐츠를 만들 때보다 훨씬 만족스러웠다. 하지만 나의 여행 유튜브는 활짝 꽃피워보지도 못한 채 코로나를 맞이하고 말았다. 제주도 여행이나 국토대장정 등 국내 여행 영상도 만들어봤지만 한계를 느꼈다. 또다시 빠른 판단으로 유튜브 주제를 바꾸기로 했다.

요즘 사람들이 가장 좋아하는 키워드가 무엇일까, 어떤 내용으로 이어나가야 할까 고민을 거듭한 끝에 드디어 세 번째 유튜브 타이틀, '브리랜서 브로디'가 탄생하게 된다. '프리랜서 디자이너로서 할 수 있는 콘텐츠를 만들어 보는 거야!' (그사이 회사는 퇴사했다.) 디자인 업무는 여행 유튜브 운영과 상관없이 계속하던 일이기 때문에 유튜브 주제를 바꾼다고 해서 기존에 없던 새로운 일이 추가되는 게 아니었다. 오히려 이전보다 작업이 훨씬 수월했다. 본격적으로 'N잡러'로서의 아이덴티티를 만들어야겠다고 의식하니 생각보다 더 많은 직업을 파생시킬 수 있었다.

전반적으로 이 채널을 관통하는 주제는 '누구나 N잡러가 될 수 있고, 직업을 늘리는 것은 어렵지 않다'라는 내용으로 도출되었다. 그래서 매 영상에 이런 메시지를 일관성 있게 담고자 했다. 사람들이 가장 쉽게 도전할 수 있는 네이버 블로그 운영에 대한 영상을 시작으로 다채로운 콘텐츠를 제작했다. 실제로 코로나 시기라 국내에서 물리적인 시간이 많이 확보되던 때여서 물 들어올 때 노 젓듯 최대한 수익 파이프를 늘려 열심히 돈을 벌었다. 그

때 나의 직업은 총 10개로 유튜버, 영상 편집자, 블로거, 강사, 인스타그래머, 인스타그램 채널 대행, 디자이너, 일러스트레이터, 스마트스토어 운영자, 여행인솔자였다.

본인의 전문 분야 하나로 가지치기를 하면 생각보다 많은 기회를 창출할 수 있다. 직업이 많으면 그만큼 바쁜 것 아닌가 싶겠지만, 각 직업마다 서로 도움을 주는 부분이 있어 그렇게 어렵지 않다. 예를 들면 유튜브 촬영을 위해 여행을 갔을 때, 영상에 다 담지 못한 이야기나 정보는 촬영해놓은 사진과 영상을 사용해 블로그에 올릴 수 있다. 여행지에서 찍은 사진으로는 인스타그램을 할 수도 있고, 유튜브와 블로그 운영 노하우가 쌓인다면 강사 활동으로도 이어질 수 있다. 유튜브 영상을 편집하다 보면, 편집 노하우가 생겨 다른 유튜버의 영상 편집자로도 일을 할 수 있다. 직업 1개를 운용하는 데에 하루에 1시간이 필요하다면, 10개가 있다고 해서 10시간이 필요한 것은 아니었다. 그렇기 때문에 나는 동시에 열 가지 직업으로 모두 돈을 벌 수 있었다.

유튜브 주제를 세 번이나 바꾸는 과정에서 '내가 이 정도밖에 끈기가 없는 사람이었나' 하는 생각도 들었다. 주제나 상황이 조금 힘들더라도 더 공부하고 극복하려는 자세를 취했어야 하지 않을까 자책도 했던 게 사실이다. 만약 내가 뷰티 유튜버를 시작하고 나서 전문성이 부족하다고 판단했을 때, 그 상황을 극복하기 위해 정말 학원도 다니고 더 많은 노력을 기울이며 계속 콘텐츠를 만들었다면, 지금쯤 세계적인(?) 남자 뷰티 유튜버가 되어 있을지도 모를 일이다.

하지만 '어떤 선택이 더 나았겠다' 하고 기회비용을 따지고 있기보다는, 그때그때 내가 하고 싶은 것을 찾아 나간 선택에 더 칭찬을 해주고 싶은 마음이다. 당시의 내가 충분히 많은 생각을 하고 내린 결정이었을 테니까. 그 과정이 어쩌면 내가 무엇에 열정과 행복을 느끼는지를 발견하기 위한 여정이었을 수도 있다. 그런 여러 가지 선택으로 많은 기회가 있었고, 좋은 사람들을 만났고, 결국엔 현재의 내가 있는 것이니까. 너무 변덕스럽게 제대로 해보지도 않고 일을 그르치는 것은 문제가 될 수도 있지만, 또 다르게 생각하면 그게 꼭 나쁜 일만은 아닐 수도 있다. 나는 끈기가 없는 사람이 아니라, 오히려 자신을 발견하고 나아가는 과정에서 스스로를 위한 자연스러운 선택을 한 사람일 것이다.

내 꿈에 귀 기울이기

대학원에 다닐 때다. 디자인 외주를 받기 위해 아르바이트 사이트를 둘러보고 있었다. 원격 업무가 마땅치 않아 오프라인으로 할 수 있는 아르바이트가 있나 추가로 검색을 해보았다. 그런데 나에게 딱 맞는 조건이 바로 눈에 들어오는 게 아니겠는가. 하나투어 본사의 광고 디자이너 채용 공고였는데, 담당하시던 분이 출산휴가로 자리를 비우게 되어 그 기간 동안만 임시로 일하는 아르바이트였다. 정식 입사가 부담스러운 나에게는 너무나도 찰떡같은 기회였다. 게다가 국내 메이저 여행사인 하나투어라니! 더 좋았던 건 하나투어 본사가 집이랑 가까운 데다, 대학원이랑도 가까워서 모든 것이 완벽히 나를 위해 준비된 자리였다.

나는 하나투어에서 기획한 패키지여행을 신문 및 잡지에 소개하는 지면 광고의 디자인을 담당했다. 그 일을 하면서 깨달은 점은 크게 두 가지다. 하나는 그동안 무조건 가장 저렴한 자유여행만 고집하던 내가, 패키지여행이라는 또 다른 좋은 형태의 여행이 있음을 알게 된 것. 두 번째는 바로 '국외여행인솔자'라는 직업의 존재를 알게 된 것이다. 국외여행인솔자는 우리나라 사람들을 대상으로 한 해외 패키지여행 상품에서 여행객들을 인솔하고 안내하며 여행의 전반적 사항을 총괄하는 역할을 한다. 현지에서 일하시는 여행가이드와 달리, 국내 공항에서부터 함께하고, 현지에서는 가이드님을 도와 인원 체크, 호텔 배정, 안전 관리 등의 업무를 수행한다.

당시 하나투어에서는 신입사원을 대상으로 국외여행인솔자 교육을 시켜줬는데, 그때 나도 이 일이 너무 하고 싶어졌다. 패키지여행을 마음껏 다니면서 돈까지 벌 수 있다는 것은 여행을 좋아하는 내게 그야말로 맞춤형 직업이었다. 그렇게 새로운 꿈이 생겼다. 대학에서 관광이나 여행 관련 학과를 전공하지 않은 사람이 국외여행인솔자가 되려면 여행사에서 직무와는 관계없이 1년 이상의 경력이 필요했다. 아르바이트는 인정되지 않기 때문에, 하나투어에서 일을 마무리하고 난 뒤 곧바로 여행 IT 회사에 입사했다. 사업자 등록이 여행업으로 되어 있는 회사면 아무 데나 상관없었다.

그리고 1년 후 바로 여행인솔자 시험에 응시하여 합격했다. 나는 어렸을 때부터 재미를 느낀 부분에 참으로 적극적이었던 것 같다. 내가 평소 자주 하는 말인데, 꿈을 이루지 못하면 그 꿈 곁에서 평생을 겉돈다는 거다. 사실 대학원을 간 이유도 학업에 미련이 남아서가 아니었다. 고3 때 무척 가고 싶은 학교였는데, 학부 때는 꿈을 이루지 못해서 그 꿈 곁을 겉돌다가 대학원을 간 것이었다. 대학을 다닐 때도 계속해서 편입을 생각하며 몇 년을 맴돌다 결국 대학원 진학으로 어설프게나마 꿈을 이루었다.

그렇게 대학원을 졸업하고 나니 정작 석사 학력으로 커리어에 득을 본 것은 아무것도 없다. 하지만 그보다 더 중요한 고3 때의 소중한 꿈을 뒤늦게라도 이룬 것 같아

만족스럽다. 물론 대학원에 가지 않았더라도 현재의 삶에서 크게 달라진 점은 없었겠지만, 이루지 못한 꿈을 내심 계속해서 후회하고 아쉬워했을지 모른다.

한때는 뮤지컬에 푹 빠져 산 적도 있다. 틈나는 대로 소극장, 대극장 할 것 없이 뮤지컬을 보러 다니며 심지어는 자취방까지 대학로로 옮겨 살았다. 그렇게 또 뮤지컬 배우라는 꿈을 키웠다. 학원을 다니며 일반인 뮤지컬 극단에 들어가 2년 동안 총 세 번의 뮤지컬 공연을 했다. 마음껏 불태우고 나니 지금은 더 이상 그 분야에 대한 미련이나 깊은 갈망이 남아 있지 않다. 늘 보면 내 꿈은 엄청 대단한 포부나 원대한 목표를 가진 건 아니다. 누군가에게는 '꿈'이라는 단어를 쓰기도 무거울 정도로, 그냥 무시하고 지나갈 수 있는 작은 소망 정도로 평가될 수도 있을 것 같다.

하지만 이렇게 삶에서 아쉬움을 남기지 않는 것이 굉장히 중요하다고 생각한다. 대학원을 가지 않았더라면 난 여전히 '아, 재수해서라도 그 대학을 갈걸' 하며 가슴속에서 들리는 서운한 외침에 흔들렸을 수도 있고, 뮤지컬 극단에 실제로 들어가보지 않았더라면 뮤지컬을 볼 때마다 차오르는 배우 욕심(?)에 괜스레 잘 살고 있는 현실을 비관하며 이루지 못한 꿈에 목이 말라 이러지도 저러지도 못하고 있을 수도 있다. 결과적으로는 내 꿈의 목소리에 그때그때 착실히 귀를 기울여주었기에, 나는 국외여행인솔자로 짧지 않은 시간 동안 홍콩, 베트남, 중국, 인도 등 다양한 나라를 다니며 값진 경험을 할 수 있었고, 여행객들을 인솔하면서 생기는 예상치 못한 상황에 대한 임기응변 능력을 키우는 것은 물론 여행업계에 대한 이해도도 넓힐 수 있었다. 여행 유튜버로 활동하는 지금 적용할 수 있는 좋은 무기들이 많은 걸 보면, 역시 가치 없는 배움은 없다는 확신이 다시금 든다.

일은 일일 뿐이야

노아는 대학 졸업 후, 디자이너로서의 역량과 회사 생활에 대한 경험을 쌓고 싶었다고 한다. 그래서 한 아동 애니메이션 회사에 입사했다. 어느 정도 인지도도 있는 회사였고, 또 노아는 귀여운 걸 좋아하니 여러 부분에서 잘 맞았던 것 같다. 애니메이션 프로덕션이라 본인의 업무인 디자인 외에도 다양한 일을 하며 많은 것을 배울 수 있겠다고 생각했다.

그렇게 들어간 회사에서 노아는 굿즈를 디자인하는 일을 맡았다. 애니메이션 캐릭터를 활용해 펜, 보온병, 도시락통, 숟가락, 컵 등의 생활용품을 제작했는데, 신입이었지만 디자이너가 혼자라 많은 시도를 해보며 재미있게 회사 생활을 했다. 회사에서 자체적으로 제작하는 굿즈

외에 다른 브랜드와 컬래버레이션을 할 때는 보통 그 브랜드에서 굿즈를 만드는데, 협업 회사에서 만들어오는 굿즈가 회사 내부적으로는 다소 만족스럽지 않았다고 한다. 그럴 때마다 노아는 직접 디자인을 했고, 뛰어난 수준의 결과물을 만들어냈다.

애니메이션 회사다 보니 정기적으로 열리는 캐릭터 페어에도 홍보 차원으로 참가를 했는데, 회사 부스의 디스플레이도 노아가 직접 디자인해 멋들어지게 운영했다고 한다. 다른 회사의 인사 직원이 노아를 따로 몰래 불러 명함을 주며 자기네 회사로 이직을 권할 정도였다. (지금 생각해도 정말 예쁘게 만들었다고….) 그렇게 능력을 인정받으며 노아는 디자이너로서의 잠재력을 확인하고 진로에 확신을 갖게 되었다.

실력으로도 인정받았고, 첫 회사에 애착도 있었던 노아는 주어진 업무를 철저하게 수행하면서도 회사 생활에 있어 한 가지 원칙만은 굳게 지켰다. 바로 야근을 절대 하지 않는 것! 매일 퇴근 시간인 6시가 되면 컴퓨터를 종료

하고 즉시 퇴근하는 것이 노아의 철칙이었다. 그러기 위해서 당연히 근무 시간 동안 최선을 다하고, 회사를 다니는 동안 단 한 번도 지각을 하지 않았다고 한다. 심지어 캐릭터 페어와 같은 중요한 행사는 보통 목요일부터 일요일까지 진행하는데, 정식 근무 날인 목요일과 금요일만 출근해서 부스 운영을 했다.

회사는 회사일 뿐, 노아에게는 개인의 삶 또한 중요했기 때문이다. 노아는 참 똑 부러지는 면이 있다. 쉽게 애착이 형성되는 나는 야근이며 주말 행사며 수당이 없어도 내 일처럼 다 해내는 반면, 노아는 공과 사를 아주 명확하게 끊어내는 능력이 있다. 나는 그럴 때마다 묻는다.

"아니, 일을 잘해내면 거기에 대한 뿌듯함이 없어?"
"응, 없어. 일은 일이야."

일로써 나의 가치를 인정받고 그것이 곧 삶의 원동력인 나와 달리, 노아는 기본적으로 본인의 전문 분야에 '난 잘해, 하지만 그건 어디까지나 일일 뿐이야'라는 기조가

깔려 있다. 처음에는 일에 대한 가치관이 나와는 정반대라 의아하기도 했다. 노아는 일에 그 이상의 의미 부여를 하지 않고 자신에 대한 가치나 자부심으로 연결 짓지도 않는다. 그래서 업무에 더 객관적으로 접근하고, 과도한 애착이나 감정적인 부담을 느끼지 않은 상태로 집중할 수 있는 것 같다. 나는 일에 과한 자의식을 투영하다 보니 잘 됐을 때는 좋지만, 결과가 성공적이지 않거나 부정적인 평가를 받게 되면 엄청난 자책에 빠지는데 말이다.

노아는 맡은 일을 철저히 실행하면서도, 일과 개인적인 삶을 확실히 분리함으로써 보다 효율적으로 작업을 진행한다. 그 결과 언제나 안정적이고 신뢰할 수 있는 프로페셔널로서의 이미지를 지킨다. 일을 대하는 자세 외에도 많은 부분 나와 다른 모습에 처음에는 '어떻게 저럴 수가 있지?'라는 생각을 자주 했는데, 오랫동안 그를 지켜보면서 '내가 생각하는 가치가 이 세상의 전부는 아니구나' 하는 진리까지 깨닫고 있다.

'눈눈이이'와 사회생활

야근을 절대 하지 않는 노아의 선택을 두고 회사 내에 미묘한 시선들은 있었다고 한다. 한국의 일반적인 기업 문화에서는 야근을 하는 것이 회사에 대한 충성심을 나타내고, 더 열심히 일한다고 여기는 분위기가 강한 것 같다. 그렇기에 노아의 모습이 탐탁지 않은 사람들이 있었나 보다. 그럼에도 불구하고 노아는 자신의 시간을 소중히 여기는 마음으로 결심을 굳게 지켰다.

회사에서 요구하는 직장인의 자세에는 업무 처리 능력 외에도 회사의 문화에 불평 없이 잘 녹아드는 것도 포함인 걸까. 노아는 굿즈 제작을 담당하는 직원으로서는 능력을 매우 인정받았지만, 이런 보이지 않는 경계 속에서 결정적으로 퇴사를 마음먹는 사건이 발생하게 된다.

매일 정시 퇴근을 하고, 직장 동료들에게 사적인 마음을 열지 않았던 노아는 회식에도 절대 참여하지 않았다. 회사 대표는 그런 철옹성 같은 노아를 오랫동안 지켜보며 일갈을 벼르고 있었다. 그러던 어느 날, 대표가 새로운 사업을 시작한다고 발표했다. 자사 캐릭터가 들어간 견과류 제품을 출시하는 계획이었다. 노아는 패키지 디자인을 맡았는데 시안을 짤 수 있는 시간이 너무 짧게 주어졌다. 그래도 주어진 근무 시간 동안 노아는 최선을 다해, 물론 야근은 없이 여러 개의 시안을 완성했다. 그러나 회의 중에 대표는 한숨을 내쉬며 이를 받아들이지 않았다고 한다.

"이 정도로는 안 되겠는데? 왜 이것밖에 못 하지?"

대표의 반응에 노아는 무척 화가 났고 부족하게 주어진 일정에 항의를 하며 대립이 시작되었다.

"그럼 시간을 많이 주셨어야죠. 시간이 짧으면 퀄리티를 높일 수 없어요."

"야근을 하든 뭘 하든, 네가 시간을 만들었어야지!"

"제가 회사에 봉사활동 하러 왔나요? 야근 수당도 없으면서."

그간 싹싹하게 사회생활을 하는 직원들과 노아를 업무 밖의 것들로 은근히 비교해왔던 것에 더해 야근을 넘어선 희생까지 요구하는 대표의 부당함에 노아는 분노가 터져 나왔다. 그 말이 마침내 충돌을 일으켰다.

"야! 너 옥상으로 따라와!"

무슨 청춘 고교 만화에서나 나올 법한 대사를 던지며 대표는 노아를 데리고 옥상으로 올라갔다. 대표는 자기 체면도 있는데, 어떻게 직원들 앞에서 그런 말을 할 수 있냐며 질타했다. 하지만 노아는 절대 지지 않지. 대표님이 직원들 앞에서 제 실력을 가지고 체면을 구긴 건 왜 생각 안 하시냐며 따졌다고 한다. (어떻게 싸웠을지 눈에 선하다….)

"야, 너 말 다 했어?"

"다 했다!!!!!"

그러자 대표는 노아의 멱살을 잡았고, 결코 당하고만 있지 않는 노아도 그의 멱살을 잡았다고 한다. 다행히 옥상으로 함께 달려온 팀장님이 말려주셔서 싸움은 크게 번지지 않았지만, 노아는 자리로 돌아와 바로 짐을 싸서 나갔고 그날 이후로 다시는 회사에 가지 않았다.

노아의 가치관 중 하나는 바로 '눈에는 눈, 이에는 이'. 상대방의 행동에 보복하거나 원한을 품는 것이 아니라 모든 사람이 동등하게 대우받아야 한다는 마음이 강한 친구다. 나이나 직급에 관계없이 모든 인간은 존중받아야 한다고 믿으며, 사회적 지위에 따라 사람의 가치가 결정되는 것을 매우 지양하는 편이다.

노아는 처음 만나는 사람에게 나이를 물어보지도 얘기하지도 않는다. 나이를 말하는 순간, 알 수 없는 위계질서와 서열이 자리 잡고 그로 인해 선입견이 생기는 것이 너무 싫다고 한다. 그래서 누군가가 내게 노아의 나이를 물어보면 “노아는 지구 어딘가에 있는 피터팬 같은 존재라 그냥 존재 자체로 바라봐주세요”라고 얘기한다.

그런 신념이 매우 크다 보니 가끔은 다른 사람들과 갈등이 터지기도 한다. 한번은 공항에서 친구를 기다리다가, 우리가 실수로 먼저 기다리던 아저씨의 시야를 가리게 되었다. 그런데 그 아저씨가 지나치게 짜증을 내면서

나란히 서 있던 우리 사이를 손으로 떼어내듯 밀치며 비키라고 했다. 노아는 조심스럽게 그 아저씨에게 왜 남의 몸을 만지냐며 "얘기를 하셨어야죠"라고 논리적으로 말했다. 돌아온 아저씨의 대답은 "너네는 에미 애비도 없냐? 뭘 그렇게 따지냐!"였다. 노아의 발작 버튼을 강하게 누르는 말이었다. 그 순간 당황하며 심한 분노를 느낀 노아는 이성을 잃어버렸다.

나는 이제 그 포인트가 읽히는데, 이런 순간은 찰나지만 마치 다른 사람이 되는 것처럼 노아의 눈빛이 바뀐다. 아저씨의 말에 충격을 받고 분개한 노아는 자제력을 잃고 한판 붙을 것 같은 자세로 대화를 이어갔다. 이러다 상황이 더 커질 것 같아서 내가 대충 수습하고 자리를 빠져나왔다. 이런 일이 한두 번이 아닌데, 그럴 때마다 곤란하기도 하지만 한편으로는 남의 눈치를 보지 않고 주체적으로 신념을 지키며 사는 노아의 용기가 참 부럽기도 하다. 그게 결국에는 스스로를 존중하고 자기만의 행복을 찾을 수 있는 길이 아닐까 하는 생각도 든다.

재개발이 맺어준 인연

2014년, 나와 노아는 한 게임 회사의 디자인파트 인턴 동기로 처음 만났다. 우리는 보통 사람들이 말하는 일반적인 성장 루트대로 초, 중, 고등학교를 거쳐 대학을 졸업했으며, 대한민국 남자의 의무인 군대도 건강히 잘 다녀온 평범한(?) 청년들이다. 둘 다 대학에서 시각디자인을 전공했고, 으레 그다음 코스인 회사 취업을 준비하는 상황이었다.

노아는 지금의 모습과는 아주 많이 다르게 정말 말랐었고, 남다른 포스가 있는 친구였다. 같은 부서에 있기는 했지만 업무가 별로 겹치지 않았던 데다 서로 친해지고 싶은 마음도 크게 없었다. 별다른 교류 없이 3개월의 인턴 기간이 끝났고, 우리는 각각 다른 회사의 디자이너로

채용되었다. 마지막까지 영혼 없이 서로의 입사를 축하하고 앞날을 응원하며 각자의 길로 떠났다.

그리고 딱 1년 후 공교롭게도 우리는 다니던 회사를 동시에 퇴사했다. 당시 노아는 인천에서 가족들과 함께 살았고, 나는 동대문구 이문동에서 친구와 자취 중이었다. 물리적인 거리도 멀뿐더러 평소에 연락을 자주 할 만큼 그리 친한 사이도 아니었다. 그러다가 노아가 가족 사정 때문에 이모가 거주하시는 곳으로 잠시 거처를 옮기게 되었는데, 그곳이 바로 내가 살던 이문동이었다.

내가 이 근방에 산다고 했던 것까지는 노아의 기억에 남아 있던지라 노아가 먼저 가볍게 연락을 해왔다. 근데… 믿어지지 않게도 바로 옆집이었다. 심지어 내 옥탑방 마당에서 노아의 이모네 집이 내려다보일 정도로 심히 가까웠다. 그렇게 우리는 인턴 동기에서 동네 친구로 가까워졌고, 진로 문제부터 개인사까지 서로의 고민을 나누며 더욱 친해졌다.

그로부터 또 1년 후 지금의 우리를 만들어준 결정적 계기를 마주하게 된다. 바로 도시 재개발. 지하철 1호선 외대앞역 근처에 있던 우리 동네는 아파트 건설을 위한 재개발 부지로 확정되어 하나둘씩 집을 허물고 있는 상태였고, 결국 우리가 살던 집도 허물어야 할 차례가 와버렸다. 마침 나와 같이 살던 친구는 취업이 되면서 먼저 이사를 갔고, 나도 하루빨리 방을 비워줘야 하는 상황이었다. 노아 역시 잠시만 거주하기로 했던 이모네 집에서 1년 이상 지내고 있던 터라 더 이상 폐를 끼치면 안 되겠다는 생각을 하고 있었다.

"같이 살아볼까?"

같은 처지에 놓인 우리는 자연스럽게 함께 자취를 해보기로 했다. 전공도 동일하고 진로도 비슷해 서로의 장래에 도움이 될 수도 있을 것 같았다. 여러 지역의 집을 알아보다가 서울에서 월세가 가장 저렴하다는 관악구 신림동으로 거처를 옮겼고, 그때부터 같이 살기 시작한 것이 2024년 올해로 6년 차가 되었다.

NOAH 브로디를 처음 만났을 때, 말수가 적은 나와 달리 사람들과 잘 어울리고 의욕 넘치는 모습이 이해가 되지 않으면서도 한편으로는 부러운 부분도 있었다. 나는 뭔가 삶에 찌든 영혼이었다면 브로디는 굉장히 맑고 순수한 느낌? 항상 브로디가 먼저 인사를 해주었는데 나는 그러지 못해서 미안하기도 했다. 그래서 인턴 기간에는 친해지기 어려웠을 수도 있겠지만, 속으로는 브로디의 에너지가 나에게도 좋은 영향을 주었던 것 같다. 그러니 이사 가서 굳이 내가 먼저 연락을 했겠지. 당시 외모는 삼돌이? 꺼벙이? 같은… 전형적인 밤톨이 스타일이라고 해야 할까, 그냥 맹하면서 착한 애 뭐 그런 느낌이었다.

PART 2

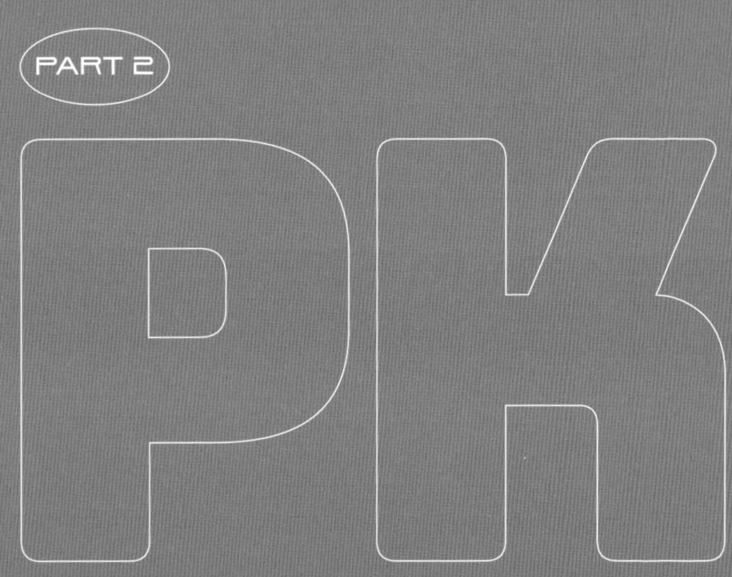

내 마음의 주인은 나니까

'느린 스토리' 노아의 역사

처음 만난 존재를 이해하는 데는 그의 역사를 아는 것만큼 정확한 방법도 없을 거다. 자전적인 이야기를 적기엔 다소 민망한 느낌이 들기는 하지만, 이 책의 목적 중 하나는 우리 둘의 삶을 좀 더 깊이 들여다보기 위함도 있을 테니 각자 삶의 역사를 살짝 이야기해보려고 한다.

노아는 인천 부평에서 태어났다. 두 분 모두 배구선수 출신이었던 노아의 부모님은 선수 생활을 마치고 일반 회사에서 근무하셨는데, 노아가 다섯 살이 되던 해에 아버지가 해외 파견으로 먼저 인도네시아에 가시게 되었다. 그렇게 어머니와 1년간 한국에서 지내다가 아버지가 인도네시아에서 자리를 잡으시고, 노아가 여섯 살 때 어머니와 함께 인도네시아 자카르타로 가서 살게 되었다. 소심한 성격의 노아는 새로운 환경에서 집 밖을 나가는 것도 힘들어했고 심지어 혼자서는 잠들지도 못했다. 그래서 유치원을 다니는 대신 초등학교 입학 전까지는 어머니와 집에서 지내기로 했다고 한다.

배구선수 출신이긴 하지만 어렸을 때부터 그림 그리고 꾸미는 것을 좋아하셨다는 노아의 어머니는 노아를 통해 자아실현을 꽤 하셨던 것 같다. 언어 공부보다는 그림을 그리고 집 안을 꾸미면서 놀았던 기억이 노아에게는 더 선명히 남아 있다. 특히 어머니가 가장 두드러지게 예술적 감각을 표출하신 분야는 패션이었는데, 지금 생각해도 정말 파격적이고 남달랐다고 한다. 요즘 말로 '젠더리스룩'이라고 해야 할까? 바지 위에 치마를 입는다든지, 셔츠 위에 레이스 달린 옷을 입는다든지 하는 그때로서는 생소한 스타일을 소화해내며 한껏 센스를 발휘하셨다.

인도네시아는 당시 TV에서 한국 방송을 하지 않았기 때문에, 한인들이 한국 영상을 접할 수 있는 창구는 동네에 있는 한인 비디오 가게가 유일했다. 한국의 예능이나 드라마를 포함한 모든 영상물은 그 비디오 가게를 통해 전파되었는데, 노아의 어머니는 한국말로 더빙된 디즈니 애니메이션을 많이 빌려서 보여주셨다고 한다.

그때 노아의 마음을 사로잡은 애니메이션이 바로 〈토이스토리〉. 장난감이 실제로 살아 있다는 내용에 푹 빠진 노아가 처음 자신의 의지로 부모님께 사달라고 했던 장난감도 〈토이스토리〉에 나오는 캐릭터인 '버즈 라이트이어' 인형이었다. 영화에서처럼 본인이 갖고 있는 모든 장난감과 사물에 생명이 있다고 상상하기 시작한 노아는 점차 혼자서 잠도 자고, 외출도 잘할 수 있게 되었다. 그랬던 어린이는 지금도 〈토이스토리〉만 보면 가슴이 설레는, 디즈니를 너무나 사랑하는 어른이 되었다.

태어날 때부터 출산 예정일보다 늦게 나왔다는 노아는 모든 것이 다 느렸다고 본인의 과거를 기억한다. 걷는 것도 말을 떼는 것도 시기에 비해 매우 느렸고, 한인 초등학교를 다녔는데 학교 친구들보다 한글을 못 읽고 구구단도 못 외워서 항상 선생님께 혼이 났다. 하루는 선생님께 지목되어 반 친구들 앞에서 책 한 장을 소리 내 읽어야 했는데, 제대로 읽지 못하고 어버버하는 자신의 모습이 창피해서 글을 읽는 와중에 엉엉 울었던 경험도 있다. 그렇게 점점 학업에 대한 자신감을 잃어 진도를 따라가지 못했고, 받아쓰기 같은 시험을 보면 늘 0점을 받았다. 학교에서도 혼나고, 부모님께도 혼나는 것이 반복되다 보니 공부라는 것을 아예 포기하고 맨날 교과서에 낙서만 하면서 우울한 시간을 보냈다고 한다.

NOAH 피부도 하얗고, 유난히 예쁘장한 외모 덕분에 어렸을 때 부모님과 슈퍼 같은 곳에 가면 인도네시아 사람들이 나를 여자아이라고 생각했다. 게다가 당시 한인 동네에는 또래 남자아이가 서너 명뿐이었고 스무 명 이상이 여자아이였기 때문에 자연스럽게 동네 친구들 모두가 인형놀이나 소꿉장난, 고무줄, 공기 등을 하며 놀았다. 흔히 말하는 '여자아이들처럼'. 여자친구들이 다 '언니'라는 호칭을 쓰다 보니까 나도 초등학교에 들어가기 전까지는 누나들에게 언니라고 불렀다.

SM 연습생을 꿈꾸며

인도네시아에서 울적한 초등학생 시절을 보내던 어느 날, 한국에 다녀온 친구가 당시 인기 가수였던 한국의 걸그룹 S.E.S. 테이프를 학교에 가져왔다.

'이게 가요구나!'

S.E.S. 그녀들의 음악은 동요와 디즈니 노래만 듣던 노아에게 가슴을 뛰게 만드는 신선한 충격이었다. 초등학생 노아는 한인 비디오 가게에서 한국 가요 프로그램의 비디오테이프를 빌려다 보기 시작했다. 그렇게 매일같이 S.E.S.의 노래를 외워 부르고 춤도 따라 추면서 그녀들의 음악에 빠져 살았다. 학업 성취도 때문에 얻었던 우울감과 소심함이 S.E.S.로 인해 점차 해소되었다. 친구들 앞에

서도 S.E.S. 노래를 부르고 춤을 따라 추면서 인기가 많아졌고, 교내 장기 자랑에도 진출해 실력을 선보였다. 노아의 춤을 보고 선생님도 칭찬을 해주셨다. 처음으로 어떤 분야에서 능력을 인정받았다는 사실이 노아는 너무너무 기뻤다고 한다.

이 소문은 학교를 넘어 한인 동네까지 퍼져 나갔고, 동네에 송년회 같은 행사가 열리면 항상 노아가 댄서로 초청되어 분위기 띄우는 역할을 했다. 이를 바라보며 대

견해하시던 아버지의 모습이 지금도 선명하게 떠오른다고 한다. 공부로 늘 혼이 나다가 이렇게 사람들의 환호를 받고 인정받는 느낌이 짜릿했던 어린 노아는 가수가 되기로 마음먹었다.

아버지의 인도네시아 파견 기간이 끝나고, 초등학교 6학년 때 노아의 가족은 다시 한국 인천으로 돌아왔다. 당시에는 생소한 인도네시아라는 나라에서 온, 성적도 낮은 노아를 학교 친구들은 은근히 따돌리려 했다. 하지만 인도네시아에서 노래와 춤으로 자신감을 키운 노아는 또 한번 학교에서 재능을 뽐냈고, 그 장기 자랑으로 기세를 완전히 가져올 수 있었다고 한다.

NOAH 그때는 S.E.S. 노래가 조금 지겹기도 하고, 나도 내 나름대로 레퍼토리의 다양화가 필요하다고 생각해서 뭘 할까 고민하다가 젝스키스의 춤을 췄다. 한국에 돌아와서는 녹화된 비디오가 없었기 때문에 오히려 춤을 배우기 더 어려웠는데, 인도네시아에서 춤을 따던 '짬바'가 있어서 그런지 그냥 TV에서 하는 가요 프로그램의 무대만 보고도 금방 익힐 수 있었다. 당연히 완벽하진 않았지만 언제나 춤은 테크닉보단 타고난 춤선이 더 중요한 것 같다.

중학교에 진학하고 나서 노아는 본격적으로 아이돌의 꿈을 품고 오디션을 보러 다녔다. 당시 SM엔터테인먼트에는 주말마다 열리는 아이돌 오디션이 있었다. 별도의 접수 없이 오는 순서대로 줄을 서서 선착순으로 참가할 수 있었다. 새벽부터 서둘러 일어나 SM엔터테인먼트 건물에 도착한 노아는 다행히 오픈런에 성공해 열심히 플라이 투 더 스카이의 노래를 불렀다. 노래에 이어 댄스 오디션도 있었는데, 한 조에 열 명 정도가 한꺼번에 들어가 한 줄로 서서 자유롭게 춤을 추는 방식이었다. 노아는 힙합댄스를 췄다고 한다. 열심히 췄지만 안타깝게도 끝내 연락은 오지 않았다.

NOAH 그때 불렀던 플라이 투 더 스카이의 노래는 〈Day by Day〉. 그래도 SM엔터테인먼트 오디션이니까 SM 소속 가수의 노래를 불러야겠다고 생각했다. 지금도 그 추억 때문인지 이 노래는 나의 십팔번이 되어버렸다. 내가 이때 오디션에 합격했다면 지금쯤 슈퍼주니어…, 샤이니…, 그 어디쯤은 되지 않았을까. (하하)

첫 오디션에 부족함을 많이 느낀 노아는 부모님께 학원을 보내달라고 부탁했지만, 운동선수 생활을 하셨던 노아의 부모님은 아들이 이른바 '일반적인 삶'을 살길 원하셨기 때문에 지원해주시지 않았다. 그렇게 한 번 풀이 꺾인 노아는 어느 날 MBC아카데미에서 아이돌 관련 수강생을 모집한다는 공고를 보게 된다. 오디션을 보고 합격하면 트레이닝을 받은 후 MBC의 한 프로그램에 참여할 수 있는 좋은 기회였다. 첫 오디션 때와는 달리 연습을 정말 철저하게 한 뒤 오디션을 봤는데, 놀랍게도 덜컥 합격을 해버린 것이 아닌가. 일부 트레이닝 금액을 부담해야 하는 시스템이었기에 부모님께 말씀드렸지만 역시나 부모님은 반대. 결국엔 등록을 하지 못하고 아까운 기회를 날려버렸다.

아무 도움 없이 혼자 준비하며 여러 차례 오디션에 도전했던 노아는 학교에서 같은 꿈을 가진 친구를 만나 함께 오디션을 보러 다녔다. 늘 1차까지는 합격했는데, 부모님의 반대로 매번 2차 시험을 보지 못했다. 지금 생각하면 아쉬운 마음이 크지만, 그냥 그렇게 '나는 가수가 되면 안 되는 사람이구나' 생각하고 꿈을 접었다고 한다. 노아는 계속 아이돌에 대한 생각밖에 없었고, 오디션 준비만 해왔기 때문에 학교 공부를 열심히 하지는 못했지만 다행히 미술, 미술에 재능이 있었다.

부평 아이돌이 되다

노아도 이루지 못한 꿈 곁을 겉돈 걸까. 아이돌의 꿈을 내려놓긴 했지만, 고등학생이 된 노아는 신입생 동아리 홍보 때 '댄스부'라는 단어를 보자마자 미친 듯이 심장이 뛰기 시작했다. 중학교 3년 내내 갈고닦은 실력 덕분에 댄스부에 당당히 합격했고, 체육대회나 축제 등 교내 행사에서 댄스 공연을 했다. 혼자 연습했던 시절과는 달리 이제는 팀원들과 함께 안무를 맞추고 동선을 짜고 파트를 분배하며 매일같이 연습해야 했다. 그렇게 못다 이룬 꿈과 어느 정도 유사한 형태로 자아실현을 할 수 있었던 것이다.

댄스부 친구들 중에서도 유독 춤선이 남달랐던 노아는 첫 공연 때부터 전교생의 눈에 띄어 교내에서 인기가 매우 많아졌다고 한다. 말수도 적고 조용했던 '존재감 0'의 한 신입생에서 전폭적인 인기를 독차지하는 학교의 대표 스타가 된 것이다. 공연 이후로 등하교 시간이나 쉬는 시간마다 여자선배들이 반으로 찾아오기도 하고, 노아가 동아리실에서 연습하는 모습을 여학우들이 훔쳐보며 사진을 찍어가곤 했다. 점점 유명해지면서 노아의 댄스팀은 다른 학교 축제에도 초대받아 찬조 공연을 다녔는데, 노아의 개인 팬클럽까지 생겼다고 한다.

NOAH 내 자랑 같아서 말을 안 하려고 했지만, 그때의 인기는 실로 대단했다! 타학교 축제 공연을 성황리에 마치고 무대를 내려가는데, 그 학교 여학생들이 나를 좀 더 가까이에서 보겠다고(이런 걸 퇴근길이라고 하나?) 안전상 설치해놓은 바리케이드까지 넘어뜨리며 아수라장이 되었던 사건도 있었고, 또 다른 학교 축제에서는 야외 운동장에서 공연을 했는데 우리 팀 차례가 끝나고 나가니까 그 운동장에 있던 관객의 반 이상이 따라 나와 곤란했던 적도 있었다. 댄스팀의 인기도 높았지만, 95% 이상이 내 이름을 부르며 따라왔다. 정말 확신의 센터였던 것이다(왕년엔…)! 게다가 공연 전에 학생들이 우리 대기실로 너무 많이 찾아오다 보니, 선생님들의 에스코트를 받으며 다른 대기실로 대피하기도 했다. 지금 생각하면 웃긴 일이지만 그때는 정말 그랬다. 뭐, 생일이나 밸런타인데이, 빼빼로데이 등 기념일은 말할 것도 없이 사물함이나 책상 위에 선물이 넘쳐났고, 평소 등하굣길에 교문 앞에서 다른 학교 여학생들이 기다리고 있는 건 당연한 일상이었다.

물론 증거가 없어서 나는 아직도 100% 믿지는 않지만, 인턴 때 만났던 노아의 외모가 지금과는 많이 달랐다는 점을 생각하면 어느 정도 수긍이 되는 것 같기도 하고…. 그렇게 유사 아이돌로 부평을 휩쓸며 자신감이 물씬 차오른 노아는 고3 담임선생님과 진로 상담을 하던 중 미대 입시를 생각하게 된다. '부평 아이돌' 활동을 하느라 학교 성적을 신경 쓰지는 못했지만, 선생님께서 노아의 또 다른 재능이었던 그림 실력을 알아보시고 미술 실기 성적을 더 많이 보는 방법으로 대학에 갈 수 있는 길을 제안해주신 것이다. 그동안 본인이 좋아하는 분야에서만큼은 인정을 받았던 경험이 있었기에 노아는 미대 입시를 준비하기 전부터 잘할 수 있을 거란 확실한 자신감이 있었다고 한다.

역시 잘하는 자 위에 즐기는 자가 있고, 즐기는 자 위에는 잘하고 즐기는데 자신감까지 있는 자가 있다. 미술학원에 들어가자마자 엄청난 두각을 보인 노아는 학원 내 모든 선생님들이 감탄하고 인정한 최고의 유망주였다고 한다. 남들보다 뒤늦게 시작한 입시 준비였지만, 각종 대회에서 매번 높은 성적으로 수상하는 등 탁월한 실력을 선보였다.

NOAH

대형 미술학원은 전국에 있는 모든 지점을 대상으로 학생들이 정기적으로 자체 실기 시험을 본다. 그때마다 난 항상 전체 1등을 차지했다. 시험을 보고 나면 내 그림은 늘 전국 학원에 참고용으로 빙글빙글 돌다가 한참 뒤에 돌아오곤 했다. 지금 생각해도 대유망주였던 나는 정말 가고 싶었던 학교의 입시를 컨디션 난조로(진짜임) 우렁차게 망해버리고 하향 지원했던 곳에 입학했다.

그렇게 시각디자인학과에 입학했지만, 현실은 기대와 달랐다. 노아는 그림 그리는 게 좋아서 미대를 갔는데 정작 대학에서는 손이 아닌 컴퓨터로만 디자인을 하는 과정이 몹시 답답했다고 한다. 그래서 언젠가부터 더 이상 디자인 프로그램을 사용하지 않고, 모든 작업과 과제를 손으로 그리고 만들어내며 대학 4년을 마쳤다. 지금도 노아는 프로그램보다는 손으로 직접 하는 일들을 더 자신감 있게 처리한다. 그래서 디자이너 대신 일러스트레이터로서 더 기량을 발휘하며 살아가고 있다.

'핑며든' 브로디의 역사

나는 경기도 의정부에서 태어났다. 어렸을 때 일반 유치원이 아닌 같은 교회 집사님이 운영하셨던 미술 유치원을 다녔는데, 그때부터 그림을 그리고 내 생각을 표현하는 데 즐거움을 느꼈다. 나 역시 노아와 비슷하게 공부 자체에는 큰 흥미가 없었지만, 초등학교 시절 각종 미술대회나 만화 공모전, 발명대회 등 창작하는 분야에서는 남다른 두각을 나타내는 아이였다. 그렇다고 그림 자체를 뛰어나게 잘 그린다기보다는 교실에 한 명씩 꼭 있는 그림 끼적이기 좋아하는 학생이었다.

종합장(스케치북의 반절 크기 연습장) 한 장을 오리고 접으면 여섯 장이 나오는 책 한 권을 만들 수가 있는데, 초등학교 때 그 책에 컷 만화를 그리는 게 나의 최대 과업이

자 기쁨이었다. 그러면 그 책을 반 친구들이 하루 종일 돌려 보면서 다음 편을 재촉했다. 나의 창작물이 이렇게 사랑받는다는 것이 너무나 짜릿했다. 어쩌면 나는 어렸을 때부터 사람들의 관심을 즐겼던 '모태 관종'이었을지도.

열심히 다음 편 원고 작업에 한창이던 어느 날, 학교에서 돌아온 형이 나에게 카세트테이프 2개를 보여줬다. 당대 최고의 걸그룹 쌍두마차였던 핑클과 S.E.S. 테이프였다. 그러면서 둘 중 하나를 팔겠다며 가격을 제시했다. 이게 동생들의 특성인지 아니면 유독 나만 그랬던 건지는 모르겠지만, 어렸을 때부터 형이 하는 건 모두 다 따라 하고 싶고 괜히 멋져 보이곤 했다.

나는 그림 그리는 것 말고는 딱히 관심 있는 것도 없고 연예인에도 별다른 흥미가 없었다. 그래서 처음에는 카세트테이프를 사고 싶은 생각도 안 들었는데, 문득 마음이 바뀌어 고민에 빠졌다. 늘 집에서 음악을 들으며 춤을 추는(형은 당시 유승준을 엄청나게 좋아해서 거의 리틀 유승준 빙의 수준으로 열광했다) 형의 모습을 내심 동경하고 있었는지, 나도 형처럼 한 아티스트를 선택해서 음악을 듣고 깊게 빠져보고 싶어졌다. 결국 카세트테이프를 사기로 결심했고, 둘 중 어떤 것을 고를까 하다가 핑클의 앨범을 선택했다. 왜냐하면 형이 나에게 제시한 가격은 S.E.S.가 1,000원, 핑클이 500원이었기 때문이다.

그렇게 500원 차이로 형에게 반강매한 핑클 테이프를 들으며, 만화 단행본 연재 작업에 불을 지펴나갔다. 그러면서 나는 서서히 '핑며들고' 있었고 정신을 차려보니 어느새 이른바 '덕후'가 되어 있었다. 핑클에게 푹 빠져버린 초딩 덕후 브로디의 차기작은 핑클 멤버들이 주인공인 만화였는데, 너무 폭발한 덕력이 부담스러웠는지 그 작품은 친구들에게 처절히 외면을 당해버렸다.

방구석 브작가의 꿈

작품 흥행 실패로 좌절의 시간을 겪으며 만화 작업에 슬럼프를 느끼고 있던 중, 엄마의 친구분이 안 쓰시는 컴퓨터가 있다고 해서 선물로 받게 되었다. 우리 집에 처음으로 컴퓨터라는 기계가 들어오게 된 것이다. 바야흐로 초딩 작가의 창작 활동에 날개를 달게 된 계기다. 그 컴퓨터로 인해 나는 창작의 세계에 흠뻑 빠져들어 매일 새로운 창조물들을 만들어냈다. 윈도 기본 프로그램인 그림판을 통해 방대한 미술 활동을 이어가는 동시에, 워드패드로는 다채로운 소설과 글을 쓰며 방구석 작가로서의 이력을 쌓아나갔다. 또한 가상의 예능 프로그램을 만들어(물론 핑클을 주인공으로 한) 대본을 직접 쓰며 잘나가는 방송작가로 변신하기도 했다.

컴퓨터는 상상했던 것보다 훨씬 더 많은 창작 활동을 할 수 있는 최고의 자아실현 매개체였고, 폭발하는 영감을 주체할 수 없던 나는 학교에 신설된 방과 후 컴퓨터교실에 등록해달라고 엄마를 졸랐다. 엄마는 내가 어떤 일에 열정을 가지고 직접 배우겠다고 요구한 것이 그때가 처음이었다고 하셨다. 그리고 내가 분명히 나중에 컴퓨터로 무언가를 만들어내는 직업을 가질 것이라 예감하셨다고 한다.

방과 후 컴퓨터교실을 통해 워드프로세서는 물론 다양한 컴퓨터 자격증을 취득하며 더욱더 컴퓨터의 매력에 취했다. 포토샵뿐 아니라 웹사이트 제작 프로그램인 나모 웹에디터까지 섭렵하며 핑클 덕질에 접목했고, 자연스럽게 엔터테인먼트 쪽 디자인에도 큰 관심이 생겼다. 학교에서 다 배우지 못한 부분은 당시 최고의 디자인 커뮤니티였던 '장미가족의 태그교실'을 드나들며 열성으로 익히고 닦았다. 그렇게 학교 안팎에서 전방위적으로 실력을 기르며 '그래픽 디자이너'라는 꿈을 갖게 되었다.

고등학생이 된 어느 날 대학 진학을 위해 '그래픽디자인' 전공이 있는 학교들을 알아보고 있었다. 그런데 같은 진로를 꿈꾸던 친구가 미술학원을 다니기 시작했다고 말해주는 것이다. 그러면서 디자이너가 되려면 미술대학에 진학을 해야 하고, 미술대학에 가기 위해서는 손으로 그리는 그림으로 시험을 봐야 한다고 했다.

'아니, 미술은 화가가 되고 싶은 사람이 하는 거 아니야? 난 포토샵으로 디자인하는 그래픽 디자이너가 되고 싶은 건데?'

이해가 되지는 않았지만, 한국의 입시 문화가 그렇다면 거기 맞춰야 하는 것이 대한민국 학생이겠지. 나도 별수없이 미술학원에 다녀야 했다. 당시 오래된 반지하 집에 살던 우리 가족은 나를 고액이 드는 미술학원에 보낼 수 있을 만큼 넉넉한 형편이 아니었다. 그럼에도 엄마는 나를 학원에 보내주셨고 결국엔 대학 합격까지 1년 반 동안 잘 다녔는데, 나중에 알게 된 사실로는 엄마가 친구분들께 조금씩 지원을 받아 학원비를 주신 거라고 한다. 학원

등록부터 입시가 끝날 때까지 연체 한 번 없이 무사히 마쳤기에 나로서는 생각지도 못한 이야기였다. (물론 지금은 친구분들께 빌린 돈을 모두 다 갚았고, 그 집에서도 이사했다.)

선생님이 될 거야

시각디자인학과에 진학한 나는 노아와는 반대로 손으로 그리는 그림보다는 덕질로 익힌 디자인 프로그램이 훨씬 익숙하고 자신 있었다. 이미 일찌감치 프로그램들을 마스터한(그걸로 돈까지 벌고 있던) 실력으로 입학하자마자 교수님들과 동기들에게 엄청난 주목을 받았다. 그동안의 공부는 입시를 위해 하기 싫어도 해야만 하는 공부였다면, 대학에서의 공부는 정말 나를 위한, 내 꿈을 위한 여정이었다. 미술의 역사라는 과목도, 디자인의 프로세스라는 과목도 성적을 위한 공부가 아니라 그동안 꿈꿔왔던 것을 실현할 수 있는 행복한 기회들이었다. '나 은근히 공부에 소질 있는 거 같은데?'라고 생각하며 하루하루 설레고 즐거운 대학 생활을 이어갔고, 1학년을 마친 뒤 군 입대를 했다.

상병 휴가 때였다. 고등학교 시절 잘해주셨던 선생님께 연락이 왔다. 사회 과목 선생님이셨는데, 첫 부임지라 의욕이 남다르셨다. 매사에 열정 넘치는 나와도 에너지가 잘 맞아 무척 좋아하고 따랐던 선생님이다. 오랜만에 만나 뵙고 이런저런 이야기를 나누던 중, 선생님께서 학교에서 학생용 스터디 플래너를 제작 중인데 디자인 작업을 도와줄 수 있냐고 요청하셨다. 나는 흔쾌히 수락했고, 며칠 동안 선생님 댁에서 지내며 일을 도와드리게 되었다. 그렇게 작업이 마무리되어 갈 즈음 선생님이 내게 한마디를 툭 던지셨다.

"너는 교사가 되면 참 좋은 선생님이 될 것 같다."

어떤 이유로 그런 말씀을 하신 건지는 아직도 잘 모르겠지만, 그때 그 한마디가 남은 휴가 기간 내내 계속 머릿속을 맴돌았고 부대에 복귀하고 나서도 한동안 왜인지 가슴이 뛰었다. '그래, 난 교사가 되어야겠어!' 한창 대학 공부에 재미가 붙었던 때라 어떤 공부도 할 수 있을 것 같은 자신감이 들었다. 마침내 난 미술 선생님이 되기 위해 수능을 다시 보기로 결심했다. 매일 밤 연등(군대에서 취침 후 공부를 더 할 수 있는 시간)을 하며 수능 공부를 해나갔고, 휴가 때 고등학교에 방문해 선생님의 도움으로 수능 원서까지 제출했다.

그날도 여느 때와 같이 당직 근무를 서며 수능 공부를 하고 있었다. 잠시 고개를 돌리니 행정반 책상 위에 당시 최고 인기 걸그룹인 소녀시대의 CD가 놓여 있었다. 무심코 앨범 재킷 사진을 넘겨보았다. 한 장 한 장 넘기다 마지막 장에 이르렀을 때, 순간 머리를 쾅 얻어맞은 것 같은 기분이 들었다. 이 앨범을 함께 만든 스태프의 이름이 적힌 페이지에서 내 눈에 들어온 다섯 글자 '아트 디렉터'. 숨이 턱 막혔다.

'헉, 내가 정말 좋아하는 건 이거였잖아…!'

평생을 사랑해온, 게다가 오랜 시간 핑클 덕질로 갈고닦은 소중한 꿈을 잠시 놓칠 뻔했음을 깨달았다. 내가 교사가 되려고 마음먹은 이유는 무엇일까? 정말 나는 학생들을 가르치는 데에 큰 뜻이 있는 것일까? 아니면 존경하는 선생님의 기대에 따르고 싶었던 마음인 걸까? 며칠간 나 자신에게 여러 가지 질문을 던진 끝에 얻은 답은 역시나 디자인이었다. 아트 디렉터! 그래, 난 아트 디렉터가 될 거야! 결국 난 그해 수능을 다시 치르지 않았다.

GIRLS'GENERATION

사랑한다는 한마디

인도네시아 생활을 마치고 한국 초등학교로 돌아와 장기 자랑으로 친구들의 인기를 얻게 되었을 때, 승현이라는 아이가 나에게 다가왔다. 자기도 춤추는 것을 좋아하는데 나와 친해지고 싶다고 했다. 같은 아파트 단지에 살았던 우리는 함께 등하교를 하며 빠르게 가까워졌고, 중학교도 같은 학교, 같은 반으로 진학하면서 완전한 단짝이 되었다. 우리 가족끼리 여행할 때도 늘 승현이를 초대해서 함께 갈 정도로 부모님도 승현이를 한 가족처럼 여겼다. 중학교 2학년 때 나와 승현이는 다른 반으로 배정되어 각자 반에서 새로운 친구들을 만들었지만, 각각 사귄 친구들과 연합하여 5총사가 탄생했고 다섯 명이 똘똘 뭉쳐 중학교 시절을 같이 보냈다.

아쉽게도 고등학교는 다섯 명 모두 다른 학교로 진학하게 되어 뿔뿔이 흩어졌지만, 그래도 우리는 주말마다 만나 놀고 시험 기간에도 함께 공부하며 여전히 절친한 5총사로 고등학교 3년을 보냈다. 성인이 된 후 대학교 1학년을 마치고 승현이가 우리 중 가장 먼저 입대했다.

그렇게 승현이가 일병이 되었을 무렵, 푸드코트에서 아르바이트를 하고 있던 내게 전화가 왔다. 바로 그 주말에 면회를 가기로 약속해서 통화를 하며 필요한 것과 먹고 싶은 것들을 물어봤다. 그러고는 전화를 끊으려는데, 승현이가 평소와는 좀 다른 느낌으로 입을 뗐다.

"진이야, 사랑해."

"뭐야! 뭐 잘못 먹었어? 미쳤어?"

"아니, 그냥 이 말을 안 해본 것 같아서 한번 해봤어."

당황스럽긴 했지만, 군 생활이 많이 힘든가 보다 싶어서 어차피 이번 주에 면회를 가니까 그때 얘기를 많이 들어줘야겠다고 생각하며 전화를 끊었다. 그리고 며칠 뒤 친구들과 함께 플레이스테이션 게임방에서 게임에 열중하고 있는데 5총사 중 한 명에게서 계속 전화가 걸려 왔다. 받지 못하고 있다가 끝나고 나서 보니 10통 이상이나 와 있었다. 느낌이 좋지 않았다. 바로 다시 전화를 걸었더니 친구의 목소리는 떨리고 있었고, 그가 전한 소식은 내 세상을 멈춰 세웠다.

"승현이 갔대…."
"어? 어딜?"
"…하늘로 갔대…."

승현이가 군대에서 극단적인 선택을 했다는 것이다. 현실감이 없어서일까, 그 말은 나에게 어떠한 의미나 감정도 불러일으키지 못했다. 그저 그 자리에 멍하니 얼어붙게 만들 뿐이었다.

'아니, 며칠 전에 통화했는데? 이번 주말에 면회를 가기로 했는데?'

믿기지 않아 오히려 아무런 느낌이 없었다. 친구가 지금 장례식장에 간다고 했다. 모든 사고회로가 멈춘 나는 "너무 늦었는데 난 내일 갈게"라고 멍청한 대답을 했다. 그리고 엄마에게 이 사실을 전했다. 내 입으로 직접, 그 슬픈 단어들을 입 밖으로 꺼내어보니 정신이 딱 차려졌다. 즉시 장례식장에 갈 채비를 하고 엄마랑 둘이 펑펑 울면서 갔다. 승현이가 그런 선택을 한 정확한 이유는 모르겠다. 승현이는 항상 우리에게 밝은 모습만 보여주었고, 그 어떤 힘든 티도 내지 않았다.

장례식장에서 나는 승현이의 사진을 들고 모든 절차를 주도했다. 내가 친구로서 할 수 있는 마지막 최선이었다. 다시 돌아온 한국에서 삶의 전부를 함께한 그의 갑작스러운 죽음은 나에게 큰 충격과 죄책감을 안겼다. 마지막으로 나눈 통화에서조차 승현이의 힘겨운 속삭임을 알아차리지 못했다는 사실이 마음속에 무거운 짐으로 남았다. 그가 겪고 있었을 내면의 고통을 간과했다는 생각에 승현이를 지키지 못한 괴로움이 숨쉴 때마다 나를 짓눌렀다. 승현이의 죽음은 나에게 인생의 허무함을 깨닫게 했고, 한동안 일상으로 돌아가기가 어려웠다. 가장 소중한 친구를 잃은 슬픔은 시간이 지나도 쉽게 사그라들지지 않았다.

돌아설 용기

내 인생 가장 큰 상실을 겪고 난 뒤, 시간이 지나 나도 군대에 가게 되었다. 승현이 사건이 있었기 때문에 부모님은 나의 입대를 많이 걱정하셨다. 적응은 잘할 수 있을까, 혹시라도 같은 생각을 하진 않을까 하는…. 물론 그 충격에서 자유롭지는 못했지만 다행히도 열심히 적응하며 군생활을 이어나갔고, 무사히 상병이 되었다. 포상 외박을 나가기 전날 행정관님이 나를 부르더니 말씀하셨다.

"내일 외박 나갈 때 마음 단단히 먹어라. 그리고 꼭 복귀해라."

분위기가 심상치 않다고 느꼈다. 그 직감은 정확히 들어맞았다.

다음 날 외박을 위해 위병소를 나갔는데, 부모님의 차 두 대가 각각 따로 도착해 있었다. 그러고는 내 앞에서 이혼을 선언하셨다. 그 순간 내 온몸은 배신감으로 가득 찼다. 승현이 때문에 내가 계속 힘들어하는 것을 누구보다 걱정했던 두 분이, 어떻게 이 시점에서 이혼 통보를 하실 수 있지? 이제는 내가 다 괜찮아졌고, 군 생활도 적응이 끝났다고 생각하신 걸까? 나를 걱정하는 듯했던 두 사람은 결국 본인들 사이의 문제로 내 상황은 전혀 고려하지 않고 관계를 마무리했다. 그 사실이 정말이지 너무 실망스러웠다. 적어도 내가 전역할 때까지 기다려주실 수는 없었을까?

부모님은 이후로도 따로 면회를 오셨지만 실망은 계속 커져만 갔다. 그러다 아빠가 재혼을 하시고 우리가 살던 집에 새엄마가 들어오셨다. 전역 후 내 의사와는 아무 상관없이 새엄마랑 같이 살아야만 했다. 특별히 반항을 하고자 했던 건 아닌데, 아빠에 대한 배신감이 계속 깔려 있었기 때문에 처음 보는 새엄마를 당연히 경계할 수밖에 없었다. 하지만 아빠는 무조건적으로 내가 새엄마랑 친해지기를 바랐고, 조금이라도 새엄마에 대한 반감을 표할 때마다 심하게 화를 냈다. 때리기까지 했다.

어렸을 때부터 두 체육인 부모님 밑에서 자라며, 아빠한테 맞는 게 무서워서 울면 아빠는 어디 남자가 눈물을 흘리냐면서 날 더 때리셨다. 그 작은 아이는 맞지 않기 위해 더 이상 울지 않았다. 아빠에게 맞는 건 이미 익숙한 일이었지만 군대까지 전역하고도 폭력의 그늘에서 벗어나지 못한다는 현실이 서러웠다. 그런 일을 겪을 때마다 엄마에게 연락을 했는데, 엄마는 그저 아빠랑 잘 해결하라며 남의 일인 듯 회피했다. 심지어 만나주지도 않았다. 예전부터 나에 대한 사랑이 그리 크지 않았다고 종종 고백했던 엄마는 드디어 자유를 얻은 것처럼 나라는 존재를 아빠에게 다 떠미는 것 같았다. 난 그렇게 세상에서 혼자가 되었다.

아빠와 새엄마가 직장을 나가셔서 집안 살림은 내가 담당했다. 아빠에게 신용카드를 받아 생활비로 사용했는데, 그 사용 내역에 대해서 새엄마가 관여를 많이 하셨다.

무슨 장 하나를 보는 데 이렇게 큰돈을 썼냐, 개인적인 용돈으로 사용한 것 아니냐며 나를 나무라셨다. 거기다 아빠는 내가 엄마와 계속 연락을 하는지 병적으로 감시했고, 내가 회사에서 일하고 있을 때도 전화로 "지금 엄마 만나는 거 아니냐"면서 과민하게 나를 괴롭혔다.

나는 결국 참지 못하고 집을 나왔다. 사촌형에게 사정을 이야기하자 이모가 날 거두어주신 것이다. 부모님과는 절연하리라 마음먹고 모든 연락을 차단했다. 평생을 두 사람에게 휘둘렸으나 이제는 끝내고 싶었다. 친구를 잃고 남은 반쪽짜리 세상마저 산산조각 내버린 그들에게서 나는 완전히 돌아서기로 결심했다. 이후로 가끔씩 연락이 오긴 하지만 절대로 받지 않는다.

몇 년 후 어느 날, 메일 한 통이 왔다. 제목에 '삐까뚱씨 팬입니다'라고 적혀 있어서 의심 없이 메일을 열어보았다. 엄마였다. 엄마는 최근 TV 프로그램 〈다시 갈 지도〉에 삐까뚱씨가 나오는 것을 보고서 우리 유튜브를 찾아보았다고 했다. 메일에는 그 시절에 대한 변명이 구구절

절 쓰여 있었다. 본인이 했던 선택들에 대한 후회와 미안함이 담겨 있었으며, 나에게 사과를 하고 싶다고 했다. 어느 정도 이해는 가지만 절대로 용서는 안 될 것 같다. 지금 내 마음은 그렇다. 오랜 시간 기어코 덮어놓았던 지난날의 상처와 아픔이 다시 떠오르기 시작했다. 이것이 또 나에게 무슨 영향을 미칠지, 그리고 어떻게 감당해야 될지 생각해봐야겠다. 이 마음의 끝이 무엇일지 아직은 알 수 없다. 나의 행복을 위해 돌아설 용기를 내었듯, 때가 되면 이제 그 용기로 어느 쪽이든 나를 위한 현명한 선택을 할 수 있으리라 믿는다. 어쨌든 지금에서야 나는 자유롭게 내 마음을 결정할 수 있는 주인이 되었으니까.

PART 3

PK

놀면서 일합니다

갯벌을 즐기게 된 물고기

한국을 떠나고 싶었던 노아는 이민을 가기로 결심했다. 이를 위해서는 큰돈이 필요했기에 단기간에 돈을 많이 벌 수 있는 야간 교대근무 경호원, 은행 경호원을 하며 밤낮없이 일했다. 그렇게 열심히 번 돈을 모두 이민 준비에 쏟아부었다. 그런데 협조적이었던 이민 법인이 어느 날부터인가 점점 연락이 안 되더니, 하루아침에 회사가 사라져버렸다. 이민 사기를 당한 것이다. 결국 노아는 열심히 모은 돈 3,000만 원을 한순간에 잃게 되었다. 나였다면 아무 일도 할 수 없을 정도로 심하게 좌절했을 것 같은데, 노아는 생각보다 덤덤했다고 한다.

힘든 상황에 해탈을 한 걸까. 노아는 자신의 팔자려니 생각하고, 한국에서의 새로운 삶을 다짐했다고 한다. 회사에 취업하지 않고도 진짜 하고 싶은 일을 할 수 있는 직업이 뭘까 생각한 끝에 노아는 일러스트레이터가 되기로 마음먹었다. 일러스트레이터를 준비하더라도 당장 생활할 돈은 벌어야 하니, 시간을 상대적으로 자유롭게 사용할 수 있는 일을 찾다가 스타벅스에서 근무하게 되었다.

커피에 대한 낭만을 품고 시작한 바리스타 일이었지만, 역시나 상상하지 못했던 어려움이 많았다. 어디에나 있는 상식 밖의 손님들을 대하는 건 생각보다 더 힘든 일이었다. 하지만 그 시간을 버틸 수 있게 해준 건 바로 함께 일하는 동료들이었다. 스타벅스에서 일하면서 무엇보다 마음 맞는 동료들을 많이 만났다. 음료 만드는 사람, 주문받는 사람, 매장 청소하는 사람들과의 호흡이 일사천리로 이루어질 때 느껴지는 희열이 있다고 한다. 삶은 혼자서 살아갈 수 있지만, 일은 같이하는 사람의 중요성이 매우 크다는 것을 노아는 그때 깨달았다.

깨달은 건 좋은데, 근무 시간 외에는 열심히 그림을 그리겠다던 결심은 점점 옅어졌다. 동료들과 친해지다 보니 같이 놀러 다니기 바빴다고 한다. 그리고 꼬박꼬박 급여가 들어오니 마음은 안이해지고 일러스트레이터에 대한 열정이 잊히고 있었다.

그쯤 우리는 함께 살기 시작했다. 나는 노아가 디즈니나 귀여운 소품들을 좋아하는 것은 알았지만, 갖고 있는 굿즈가 이렇게나 많은지는 몰랐다. 그래서 이 주제로 유튜브를 해보면 재미있을 것 같아 유튜버 데뷔를 독려했다. 나도 유튜브에 매진하고 있으니, 도와줄 만한 부분도 있다고 생각했다. 원래는 유튜버에 별 관심이 없던 노아는 지속적인 나의 설득에 스타벅스 일을 하면서 유튜브를 시작하게 되었다. 그게 바로 '노아스토리' 채널이다. 우리는 서로의 로망이었던 애니메이션 〈토이스토리〉 방을 함께 꾸몄는데, 이 집 꾸미기 영상을 기점으로 키덜트 유튜버로서 출사표를 던질 수 있었다. 엄청난 성장은 아니었지만 그래도 키덜트 시장 안에서는 어느 정도 자리를 잡아갔다.

함께 꾸민 〈토이스토리〉 방이 '오늘의집' 매거진에 소개되고, 여러 브랜드와 협업하는 기회도 열렸다. 게다가 세계적인 피규어 회사인 팝마트의 글로벌 앰버서더로 위촉되어 1년간 활동하기도 했다. 같은 취향을 가진 좋은 친구들을 많이 만난 것도 감사한 일이다. 3년 정도 열심히 개인 채널을 운영하다가 지금은 나와 함께하고 있는데, 혼자 했을 때보다 성과도 잘 나올 뿐만 아니라 전보다 더 재미있는 일을 하며 같은 꿈을 꾸고 나아가는 여정이 좋다고 한다. 내가 봤을 땐 스타벅스에서 바리스타로 일하면서 느꼈던 같이 일하는 사람의 중요성과 소중함을 나와 함께하며 더 극적으로 느낀 것이 아닐까? 하하하하!

NOAH 참 나, 잘난 척은 보기 싫지만 맞는 말이긴 하다. 브로디를 다시 만나면서 내 삶은 많이 변했다. 나는 원래 바다에 살던 물고기라 이 갯벌 같은 현실이 너무 싫고 짜증 나서 항상 불평을 했는데, 브로디는 자기가 물고기인지 미꾸라지인지는 상관없이 그저 지금 이 갯벌에서 행복하게 잘 놀고 있는 것 같았다. 세상을 긍정적으로 살아가는 브로디를 보니 이상을 계속 갈망하는 것보다 현실에 적응하고 현재 누릴 수 있는 재미와 행복을 느끼며 사는 것도 괜찮네 싶었다. 나는 감정 기복이 큰 편인데 브로디는 웬만하면 늘 평온한 상태여서 한편으로는 브로디 덕분에 지친 마음을 다잡게 된 것도 있다.

‘중고신인’ 삐까뚱씨

우리는 각자 유튜브를 운영하며 자급자족으로 콘텐츠를 꾸렸지만, 한집에 살다 보니 점차 서로의 채널에 등장하게 되는 일이 잦아졌다. 그런데 혼자 진행할 때보다 함께 출연할 때 반응이 훨씬 좋았다. “브로디 님의 프로페셔널한 모습에 노아 님의 깨발랄이 들어가니 너무 재미있어요”, “노아스토리에 브로디가 나오니까 본 채널에서 볼 수 없는 매력이 보여요” 등 우리의 ‘케미’가 재미있다는 댓글이 많았다.

이런 피드백을 받으면서 자연스럽게 유튜브 채널을 공동 운영하는 그림을 그렸는데, 우리가 어차피 자취를 하고 있으니 자취하며 일어나는 다양한 에피소드를 가지고 영상을 만들어보면 좋을 것 같았다. 소소하게 일어나는 재미있는 일들이 많았기 때문에 소재도 풍부할 것이라는 생각이 들었다. 게다가 같이 살고 있는 만큼 일반적으로 두 친구가 운영하는 다른 유튜브 채널보다 물리적인 시간도 아낄 수 있었다.

남자 둘이 자취를 하긴 하지만 우리는 가능하다면 배달 음식보다는 직접 요리를 해서 먹는 것을 지향한다. 어느 날 우연히 버섯 레시피 하나를 보게 되었는데, 건강에도 좋고 맛도 있을 것 같아 한번 도전해보고자 쿠팡으로 버섯 한 팩을 주문했다. 다음 날 아침, 문 앞에 생각지 못한 거대한 박스가 도착했다.

버섯 말고 다른 걸 산 게 없는데, 혹시 택배가 잘못 왔나 싶어 확인했지만 주소도 맞고 이름도 맞았다. 의아한 마음으로 조심히 박스를 열어보았더니, 그 안에는 한 팩이 아닌 '한 박스'의 버섯이 들어 있었다. 주문 내역을 확인하자 수량은 1개가 맞긴 했지만 팩 단위가 아닌 박스 단위로 판매하는 버섯을 구매한 것이었다. 눈앞에 가득 놓인 이 아까운 버섯을 버릴 수는 없으니 일단 열심히 먹어보기로 했다. 그날부터 우리는 세상에 존재하는 모든 버섯 레시피를 검색하며 매 끼니 요리를 해 먹었다. 버섯밥, 버섯찌개, 버섯계란찜, 버섯볶음 등…. 우리가 버섯을 먹는 건지 버섯이 우리를 먹는 건지 모를 정도로 많은 버섯을 먹어 치우며 위장 안에서 마치 버섯이 다시 자라나는 듯한 느낌이 들기도 했다. 그렇게 2주간 버섯 지옥에 다녀온 후 우리는 한동안 입에서 버섯의 비읍 자도 내뱉지 않기로 굳은 다짐을 했다.

또 우리는 한 사람이 외출을 하고 돌아오면 한 사람이 집에 없는 척 어딘가에 숨어 있다가 놀라게 하는 장난을 많이 친다. 처음에는 단순히 문 뒤에 숨는 평범한 수준으로 시작했다가 이게 점점 진심이 되면서 고퀄리티의 은폐 엄폐 수준으로 발전해갔다. 그럴 때마다 '아, 이런 걸 찍어 올려야 하는데!' 하는 아쉬움이 생겼다. 재미있는 에피소드들이 쌓이며 우리 둘의 이야기를 담은 유튜브 운영에 관한 생각이 점점 더 커졌다.

2021년 말쯤부터 전 세계적으로 코로나의 영향이 점차 줄어들더니, 백신 증명서나 해당 나라에서 요구하는 서류가 있으면 해외여행이 조금씩 가능해졌다. 그전에 혼자서 여행 유튜브를 운영하며 알게 된 동료 유튜버들의 성장을 바라보며 우리에게도 굉장한 용기가 생겼고, 이에 힘입어 앞으로 둘이 운영할 채널의 주제도 자취가 아닌 여행으로 노선을 새로 잡아보았다. 2년 정도 해외여행을 가지 못한 데 따른 보상 심리도 컸을뿐더러, 당시 한 명이 아닌 두 명이서 운영하는 여행 채널은 정말 희소했기 때문에 함께한다면 경쟁력도 있어 보였다.

유튜브를 시작할 때 가장 중요하고 우선되어야 하는 건 바로 한눈에 쉽게 각인될 수 있는 이름이다. 각자 운영하던 채널에서는 본인의 닉네임을 넣어서 만들면 되었지만, 같이하는 유튜브에서는 우리를 엮어주는 새로운 이름이 필요했다. 많은 후보들이 있었는데 지금은 정확히 기억이 안 난다. 그래도 어렴풋이 생각나는 몇 가지 후보는 다음과 같다. '노브레이끼(노아, 브로디의 첫 글자 + 멈추지 말라는 뜻)', '남비치(둘 다 가수 다비치를 좋아하는데, 남자 버전으로…)', '흑과 백(둘의 피부색)', '우리 남남은(노사연 님의 〈만남〉 가사를 남자 둘로 패러디)' 등….

우선 이름은 이 세상에 하나뿐인 고유명사이길 바랐고, 사람들의 기억에 잘 자리 잡을 수 있도록 가능하면 된소리가 들어간 발음이길 원했다. 그런 생각을 하던 중 갑자기 노아가 '삐까뚱씨'가 어떠냐고 제안했다. '삐까뚱씨'는 노아의 말버릇 중 하나로, '비슷하다'라는 뜻을 가진 은어 '삐까하다'를 '삐까뚱씨'라고 바꿔 말한 것이다. 평소에 이상한 말투를 잘 만들어내는 노아가 딱히 특별한 이유는 없고 그냥 입에 잘 감겨서 하는 말이었는데, 우리 둘은 듣자마자 이 이름으로 마음이 굳어졌다. 주변 친구들과 크리에이터 지인들에게도 의견을 구한 결과 생소한 이름에 반대하는 사람도 많았지만 결국 삐까뚱씨로 정해졌다(답정…). 그렇게 이 세상에 없던 이름, 삐까뚱씨가 탄생했다.

쿠키베어스, 무대에 오르다

일로써 자기 가치를 느끼는 나는 나 자신에게도 그렇지만 누군가 본인의 일을 제대로 안 하고 있거나, 꿈을 미루고 있는 상황을 보면 정말이지 견딜 수가 없다. 그래서 그 꿈을 이루기 위한 독려를 적극적으로 해주는 편인데, 노아에게도 너의 꿈인 그림 그리는 일을 멈추지 말라고 늘 채찍질했다. 내가 봤을 때 노아는 그림 실력이 탁월했고 캐릭터를 바라보는 시각도 남달랐다. 노아가 최대한 자신이 좋아하는 일을 지속적으로 할 수 있도록 옆에서 응원하는 말을 많이 해주거나, 할 수 있다는 용기를 북돋아주거나, 노아에게 물리적인 시간이 많이 생길 수 있도록 내가 집안일을 담당하거나 하는 식으로 여러 가지 환경을 만들어주려 애썼다.

나의 작은 노력에 힘입었는지, 아니면 그저 때가 맞아 떨어져서였는지 모르겠지만 노아는 결국 '쿠키베어스'라는 자신의 첫 캐릭터 브랜드를 만들었다. 일러스트레이터라는 꿈이 생겼을 때 노아는 일러스트 작가들의 이른바 '데뷔의 장'인 서울일러스트레이션페어(이하 서일페)에 본인의 캐릭터를 가지고 참가하는 게 꿈이었다고 한다. 서일페에 참가한 작가들은 각자 부스를 운영하는데, 거기서 작품을 소개하고 다양한 굿즈를 제작 판매해서 수익을 창출할 수 있다. 또 방문객에게 일러스트를 홍보하며 팬덤까지 얻을 수 있다. 더 중요한 것은 각종 브랜드 관계자나 업계 사람들도 많이 오기 때문에, 브랜드와의 협업 기회로도 이어질 수 있다. 즉 일러스트레이터 작가들에게는 꿈을 이루는 시작의 무대라고 할 수 있다.

캐릭터를 구상하며 노아는 우선 자기가 좋아하는 게 뭔지 생각했다. 계속 이 캐릭터를 그리며 활동해야 하고, 또 이게 '일'이 되더라도 평소에 좋아하는 요소들이 있어야 지속적으로 할 수 있을 거란 판단에서였다. 그래서 선택한 요소는 노아가 좋아하는 간식인 '쿠키'와 귀여움을 극대화할 수 있는 '곰돌이'. 이 둘을 조합하여 세계관을 구축했다. 이름부터 정체성이 확실한 '쿠키베어스'는 모모, 베베, 제제라는 세 마리의 곰돌이 쿠키이자, 쿠키 곰돌이(쿠키면서 곰이고, 곰이면서 쿠키다)인데, 각각 오븐에서 다른 시간으로 구워진 피부 색깔이 특징이다. 제제는 오버쿠킹되어서 제일 어둡고, 베베는 딱 잘 익은 상태의 색, 그리고 모모는 덜 익어서 밝은 톤의 피부다. 그렇게 포트폴리오를 완벽히 준비해서 서일페에 참가 지원을 했다. 부스를 어떻게 꾸밀지, 어떤 굿즈들로 화려한 데뷔를 할지

만반의 계획을 세우던 중 서일페로부터 메일이 왔다.

"아쉽게도 참가 확정을 드리지 못하여 죄송합니다."

탈락을 하고 만 것이다. 알고 보니 서일페 참가는 경쟁률이 높아 지원한다고 무조건 다 할 수 있는 게 아니었다. 지원서에는 경력 여부를 체크하는 항목이 있는데 아무래도 경력이 없는 작가들은 인지도가 낮다 보니 경쟁하기에 불리한 점이 있었던 것 같다. 김칫국만 마셔버린 첫 번째 서일페의 기회는 날아갔지만, 노아는 포기하지 않고 본인만의 방법으로 쿠키베어스를 론칭했다.

먼저 굿즈를 판매할 수 있는 홈페이지를 만들고, 배지와 휴대폰 케이스, 에어팟 케이스를 1차적으로 만들었다. 그다음 운영하고 있던 '노아스토리' 유튜브를 통해 그림 그리는 과정을 노출하고, 인스타그램 등의 채널을 활용해 론칭 소식을 알렸다. 스튜디오까지 대관해 직접 제품 사진을 찍고 보정 작업도 진행했다. 노아가 그렇게 단기간에 열정적으로 거침없이 일을 추진한 건 진짜 처음 봤다. 예상하지 못한 방법으로 우회적인(?) 데뷔를 하게 된 쿠키베어스는 인기를 얻어 자사몰 외에도 문구 플랫폼인 텐바이텐 온라인몰에 입점했다. 그렇게 무대에 올린 쿠키베어스로 경력을 쌓은 노아는 다음 해 서일페에 '경력직'으로 당당히 참가 신청을 할 수 있었고, 심사를 거쳐 다시 메일을 받았다.

"축하드립니다. 노아(쿠키베어스) 님의 참가 확정을 안내해드립니다."

드디어 됐다. 역시 꿈돌이 친구를 옆에 두면, 자기 꿈도 이룰 수 있는 거라고! 참가 확정을 받고 나서는 말 그대로 시간이 어떻게 흐르는지도 모르게 바삐 지나갔다. 노아는 굿즈 제작을 위한 그림 작업에 몰두했고, 나는 매니저가 되어서 굿즈 제작 업체 섭외와 제작, 감리 등등 운영의 전반적인 과정에 함께했다. 노아는 서일페 참여를 위해 기존에 구상했던 쿠키베어스의 세계관을 더 확장해 셀리와 벤이라는 사람 캐릭터를 등장시켰다. 셀리가 벤을 위해 쿠키를 구워 선물하는데, 이 쿠키가 바로 쿠키베어

Cookie Bears
Lovely
COOKIE
BEARS
1987
Original
Flavor
MO MO
ZE ZE
BAE BAE
COOKIE BEARS
ZE ZE
MO MO
BAE BAE
COOKIE AIR PODS
Have a cookie DAY
YOU CAN
Strawberry
MO MO

스인 것! 키링, 펜, 포스터, 메모지 등 기존보다 다양한 굿즈를 추가 구성해 서일페에 입성했다.

다행히도 노아는 서일페 준비를 위해 매일 야근을 자처했다. 목요일부터 일요일까지 4일간 진행되었음에도 토요일, 일요일 모두 부스에 나왔다(노아 인생 첫 주말 근무다). 노아랑 내가 이전에 관람객으로 방문했을 때는 부스 운영이 아주 간단해 보였는데, 실제로 운영해보니 결코 쉬운 일이 아니었다. 경험이 없어서 그런 걸 수도 있지만 굿즈 설명과 돈 계산, 그리고 많은 분들이 한꺼번에 방문했을 때의 대응 등 동시다발적으로 벌어지는 상황에 정신이 없었다.

하지만 가장 힘들었던 건 역시 대중의 평가였다. 부스에 방문하지 않고 스윽 쳐다만 보고 지나가는 사람들을 마주할 때마다 자존감이 뚝뚝 떨어졌다. 쿠키베어스가 저들에게 매력적으로 다가가지 못한 이유는 뭘까, 그냥 취향이 아닌가, 이게 이상한가 등 별생각이 다 깊어지면서 민망하고 창피했다. 물론 너무나도 감사한 칭찬의 평가도 많았고, 결과적으로 굿즈 판매로 인한 수익도 적지 않았지만 서일페가 끝나고 나서도 모두를 만족시키지 못했다는 사실이 마음 한편에 계속해서 아쉬움으로 남았다.

다시 일상으로 돌아온 어느 날, 베이커리 브랜드인 뚜레쥬르에서 뜻밖의 연락이 왔다. 밸런타인데이 프로모션을 쿠키베어스와 컬래버레이션하고 싶다는 것이었다. 서일페에서 쿠키베어스를 보고 이번 프로모션과 굉장히 잘 어울리겠다고 생각하셨다고 했다. 자괴감에 빠져 있던 우리에게는 그저 빛 같은 소식이었다. 그렇게 2023년 뚜레쥬르의 밸런타인데이 프로모션에 쿠키베어스가 협업하게 되었고, 쿠키베어스 캐릭터가 들어간 케이크, 사탕, 초콜릿, 마카롱, 쿠키 세트 등 다양한 제품이 출시되었다. 시장 반응이 좋아 원래는 밸런타인데이까지만 하기로 했던 계약이 화이트데이까지 연장되면서, 쿠키베어스 제품은 베트남과 몽골, 인도네시아에 있는 뚜레쥬르 매장에까지 진출할 수 있었다.

신인 일러스트레이터의 첫 캐릭터가 해외 진출까지 성

공하리라 누가 예상할 수 있었을까. '어떤 시련이 있더라도 포기하지 않으면 된다.' 이런 들장미 소녀 같은 동화적인 교훈은 뻔한 도덕책 속 메시지처럼 들리지만, 또 어쩌면 그런 뻔한 교훈들이 다 우리 삶을 바탕으로 나온 진리겠구나 하는 생각도 든다. 물론 보이지 않는 곳에서 고군분투한 노아의 노력과 자기 신뢰, 그리고 창의적인 문제 해결 능력을 발휘했을 뿐만 아니라 매니저 역할을 자처하며 노아가 자신의 꿈을 이룰 수 있도록 다양한 방식으로 지원한 조력자(=나)의 지지가 없었다면 불가능했을 기회였겠지만 말이다. 그러니 앞으로 토끼처럼 자만하지 말고 거북이처럼 끈기 있게 조금씩 나아가면서, 흥부처럼 제비 다리도 잘 고쳐주고 착하게 살아야겠다.

Damla
mo mo
BAE BAE
ZE ZE
AVE A COOKIE DAY
BAE BAE
HAVE A
COOKIE
DA

COOKIE AIR PODS
Cookie Beans
Have a cookie day
/ 50 mL

재미로부터 돈 벌다

어렸을 적, 나는 항상 호기심 가득한 마음으로 주변을 둘러보곤 했다. 내가 태어나기 전 엄마가 시계 장사를 하셨던 터라 우리 집에는 다양한 시계가 많이 있었다. 그중에서도 탁상시계가 내게는 특별한 존재였다. 늘 그 시계를 바라보면서 '만약 이 시계가 마법사가 만든 것이라면 어떨까?'라는 생각을 했다. 어느 날 시계를 들여다보니 그 안에 작은 문이 있는 것처럼 보였다. 호기심에 사로잡혀 문을 열어보았는데, 그 순간 시계 안으로 빛이 비쳐들며 내가 그 안으로 빨려 들어갔다. 물론 상상이다.

노아가 어렸을 때 그랬듯, 나 역시 당시에 〈토이스토리〉 애니메이션을 보고 모든 사물에 생명이 있다고 상상했다. 아무튼 빨려 들어간 시계 안의 세계에서는 각 부품들이 사람처럼 생활하고 있었다. 시계 안 세계를 보고 나서부터는 탁상시계를 볼 때마다 나만 아는 비밀이 있다고 뿌듯해했다. 그런 생각을 가지고 살아서인지 어렸을 때부터 '과학 상상 그리기' 같은 상상력 대회에서는 늘 상을 받았다. 고등학생 때는 미술학원에서 '발상과 표현'이라는 형식의 상상력을 기반으로 한 그림으로 미대 입시를 준비했는데, 기본적으로 상상력이 좋아서 늘 아이디어 짜는 데는 문제가 없었다(그림을 표현하는 실력이 부족한 게 아쉬웠지만…).

그러다가 대학에서 수업 시간에 초현실 작가인 르네 마그리트의 〈피레네의 성〉이라는 작품을 만나게 되었다. 공중에 떠 있는 바위성 그림인데 그 한 장의 작품에 황홀히 빠져들었다. 지금 보면 아이디어 면에서 엄청 신박하다고 볼 순 없지만, 머릿속에만 존재하는 이상세계를 시각적으로 표현했다는 점이 매우 인상 깊었다. 마치 그림 속으로 들어간 듯한 기분에 나도 그런 작품을 만들고 싶다는 욕망이 생겼다. 그렇게 내가 디자이너가 된다면, 상상력을 발휘한 신기한 작품들을 만들고 싶다는 꿈을 키웠다. 고등학생 때는 영화 포스터에 학교 선생님들의 얼굴을 합성해 싸이월드에 많이 올렸는데, 아마도 그게 나의 첫 초현실 작품이었던 것 같다.

근데 막상 디자이너가 되고 나니 개인의 철학과 가치를 담은 예술 작품을 만들기보다는 제품을 하나라도 더 팔기 위한 가독성과 가시성을 신경 쓰는 디자인을 하기 바빴다. 매너리즘 비슷한 것에 빠져 그저 돈을 벌기 위한 디자인만 열심히 하고 있던 어느 날, 인사동에서 열린 르네 마그리트의 전시회를 보게 되었다. 다시 만난 〈피레네의 성〉 앞에서 이 작품을 처음 본 대학생 때의 나와 마주했다. 명색이 디자이너인데 사람들이 시키는 디자인만 할 수는 없지! 제품이 아니라 작품을 만들고 싶다는 개인 작업에 대한 욕구가 치솟았다.

작품을 올릴 수 있는 플랫폼으로 가장 적절했던 인스타그램. 개인 사진만 올렸던 인스타그램에 나의 상상력을 담은 초현실 합성 작품들을 올리기 시작했다. 해외 작품도 많이 찾아보고, 기법을 따라 하면서 작품 활동을 꾸준히 이어갔다. 그러다 보니 조금씩 사람들의 반응이 오는 게 느껴졌다. 어쩌면 내가 동기 부여를 가장 강력하게 받는 요인은 사람들의 평가인 것 같다. 처음 블로그를 시작했을 때도 사람들이 댓글을 달아주는 게 제일 재미있었고, 고등학생 때 싸이월드에 올렸던 선생님들 합성 작품도 학교 내에서 꽤 인기가 많아 신나게 작업했다.

그렇게 지속적으로 아트워크를 올렸고, 작품이 쌓여가니 초현실 작품을 전시하는 해외 플랫폼을 포함한 여러 관련 업체에서 연락이 왔다. 그중 가장 반가웠던 건 항공사 진에어로부터 온 연락이었다. 진에어 담당자님은 신제품 홍보를 내 아트워크로 해보자고 제안하셨다. 당시 진에어에서는 팬데믹으로 여행을 가지 못하자 기내식을 밀키트로 즐길 수 있는 상품을 만들고 있었는데, 인도 커리를 메뉴로 한 기내식 밀키트를 신제품으로 준비 중이었다. 나는 이 신제품 홍보 작업을 아주 즐겁게 진행했다. 누가 시킨 일이 아닌, 내가 좋아서 한 일로 이렇게 또 좋은 일이 생긴다는 것이 굉장히 뿌듯했다.

다양한 일을 하며 수도 없이 느낀다. 정말 사람 일은 어떻게 흘러갈지 아무도 모른다는 것! 요리를 좋아하는 사람이 인스타그램에 레시피나 요리도구 소개 등 관련 콘텐츠를 꾸준히 올리다 보면 식품 브랜드 담당자의 눈에 띄어 그 브랜드의 광고를 진행할 수도 있는 것이고, 러닝을 좋아하는 사람들은 러닝하기 좋은 코스 소개나 운동화 후기 등의 콘텐츠를 잘 정리해서 올리면 유명 스포츠 브랜드와 협업을 할 기회가 찾아올 수도 있는 것이다.

운이 좋게도 한 보디샤워 제품 광고 의뢰가 들어오게

되었다. 쿨링감 있는 제품이라, 보디샤워를 쓰자마자 히말라야의 시원함을 느낄 수 있다는 콘셉트로 초현실 작품을 만들어서 인스타그램 광고를 진행했다. 그런데 광고 이미지를 보고 인상적이었는지 브랜드의 대표님이 직접 내게 브랜드 인스타그램 운영을 맡아줄 수 있는지 제안해 주셨다. 갑자기 마케팅팀의 팀원이 되어버린 것이다. 그렇게 2년여간 브랜드 인스타그램을 운영하면서 본격적으로 SNS 마케팅에 대한 원리를 깊이 있게 배우고, 트렌드를 빠르게 읽는 습관도 익힐 수 있었다. 후에 원소주 등 브랜드 인스타그램 운영으로 영역을 넓히는 데 초석이 된 경험이다.

혹시 무조건 인스타그램 팔로워 수가 많아야 기회가 올 거라고 생각한다면 오산이다. 한번은 친구가 나에게 캘리그래피 작업을 부탁했던 적이 있다. 내가 재미있게 할 수 있는 분야는 아니라고 판단해 제안을 거절하는 대신 캘리그래피 작품을 업로드하는 사람들의 인스타그램을 찾아봤던 적이 있다. 마침내 친구가 원하는 스타일과 딱 맞는 사람을 찾아서 일을 의뢰했는데, 그분은 인스타그램 팔로워가 300명도 채 되지 않는 상대적으로 규모가 작은 인스타그래머였다. 나 역시 소니 코리아 ZV-1 카메라 체험단으로 활동할 때 인스타그램 팔로워가 다른 참가자들보다 적었지만, 내 콘텐츠가 최종 1위에 선정되기도 했다.

콘텐츠 노출이 무척 쉬운 요즘 같은 시대에는 내가 올린 하나의 콘텐츠가 얼마나 큰 후폭풍으로 불어올지 아무도 모른다. '나보다 잘하는 사람이 너무 많은데?', '이게 무슨 돈이 되겠어?'라고 한계부터 그어놓고 있다면, 그건 정작 본인 혼자서만 그렇게 판단하고 있는 걸지도 모른다. 현재 나의 또 다른 꿈은, 영화 포스터를 만드는 것과 K-POP 아티스트의 앨범 재킷을 디자인하는 것이다. 대학원에 다닐 때는 저예산 공연 포스터나 독립영화 포스터를 만들어주는 재능 기부를 하기도 했는데, 앞으로는 내 디자인을 필요로 하는 사람을 찾아보는 것이 아니라 재미있는 놀이 개념으로 만들어서 어디에든 올려보려고 한다.

SONY
ZEISS

엔터테인먼트 프로젝트

기가 막히게 연결되는 이야기가 하나 더 있다. 여행 블로그를 열심히 운영하다 보니 자연스럽게 동료 블로거들과 이웃을 맺고 온라인 친구가 되었는데, 그중 한 분을 우연히 인도네시아에서 만났던 적이 있다. 당시 나는 국외여행인솔자 일을 하며 인도네시아 발리로 패키지여행팀을 인솔하고 있었다. 발리 우붓이라는 지역의 시장에서 손님들께 자유 시간을 드리고, 그 시간을 이용해 유튜브 콘텐츠를 찍으며 시장을 돌아다니고 있었다. 그런데 그 작은 우붓 시장에서 놀랍게도 동료 여행 블로거를 만났다. 갑자기 마주치니 반가움보다는 신기함과 의아함이 먼저였다.

"어…? 남자여행 님 아니세요?"

"어? 브로디 님!"

온라인으로만 교류하던 블로거 '남자여행' 님을 좁은 골목시장에서 마주한 것이다. 나도 출장 중이었고, 남자여행 님도 아내분과 여행 중이셔서 그 자리에서 많은 대화를 나누지는 못했지만 한국으로 돌아와 바로 약속을 잡아서 만나게 되었다. 서로의 블로그 이야기부터 여행 이야기까지 다양한 경험을 나누며 즐거운 시간을 보냈다. 블로거로서뿐만 아니라 인생의 여러 면에서 선배인 남자여행 님(이하 희준이 형)과의 만남은 나에게 새로운 동기부여가 되었다. 인맥이 넓고 매사에 에너지가 넘치는 희준이 형은 다양한 분야에서 일적으로도, 인간적으로도 존경할 수 있는 분이었다. 우리는 형 동생 사이로 친해졌고, 희준이 형과 자주 만나며 나는 더욱 폭넓은 시야를 가질 수 있었다. 그렇게 가까운 사이로 몇 년을 지내던 어느 날 희준이 형한테 연락이 왔다.

"로디야. 내가 이번에 함께하고 있는 프로젝트가 있는데, 혹시 디자인이랑 인스타그램 운영 관련해서 같이해볼 수 있을까? 근데 이게 좀 큰 건이야…."

큰 건이란 말에 혹하기도 했지만, 그에 앞서 이런 큰일을 나에게 맡겨준다는 것이 너무 감사하고 또 신기했다. 형 주변에는 실력 있는 디자이너와 마케터들도 분명 많이 계시는데, 나를 콕 집어 제안해주신 이유가 궁금했다. 물어보니 형은 오랫동안 내가 블로그와 인스타그램을 통해 활동하는 걸 지켜보고, 이번 프로젝트의 적임자라 생각하셨다고 했다. '아, 그동안의 노력이 모두 헛된 것이 아니었구나!' 하는 안도감과 뿌듯함이 들었다.

프로젝트에 대한 설명을 전해 듣고, 회사 사람들과 더 자세한 내용을 주고받기 위해 압구정에 위치한 사옥으로 첫 미팅을 하러 갔다. 예상보다 훨씬 흥미로운 일이었고, 내가 정말 잘해낼 수 있을 것 같아 기대가 되었다. 이제 막 론칭을 준비하는 주류 브랜드의 프로젝트였는데, 시작하는 멤버로 함께 총대를 메고 달려갈 사람이 필요한 거였다. 성격상 이런 일을 좋아하는 나로서는 열정이 활활 불타올랐다. 디자인도 하고, 사진도 찍고, 인스타그램 운영도 하고, 내가 좋아하는 모든 업무를 할 수 있었기에 도파민이 팍팍 터지는, 너무 신나는 작업이 될 것 같았다!

서로 한창 업무 이야기를 나누고 있는데, 문밖에서 누군가가 걸어오는 소리가 들렸다. 회의실 문을 열고 들어온 사람은 아주 유명한 가수이자 아티스트. 희준이 형이 내게 맡긴 프로젝트는 이 아티스트가 만든 주류 브랜드였다. TV에서보다 훨씬 강력한 빛을 발하는 그의 첫 등장에 사실 무척 놀랐으나, 비즈니스 자리인 만큼 긴장을 숨기고 침착한 척 인사를 했다. 특유의 자유롭지만 진중한 모습으로 회의에 참여하는 그의 모습을 보면서 더욱더 믿음이 갔고, 평생을 추억할 수 있는 재미있는 일이 될 것이라는 확신이 들었다.

이 브랜드에서 일하는 동안 마치 팝스타의 컴백을 전 세계에 알리는 팬심 가득한 글로벌 마케터가 된 듯했다. 나는 메인으로 인스타그램 운영을 담당했는데, 콘텐츠 디자인부터 마케팅 전반에 이르기까지의 과정을 함께하는 것이었다.

평생 핑클로 물든 내 삶은 계속해서 엔터테인먼트의 팬덤을 활용한 마케팅을 향해 있었는데, 주류 브랜드와

이 브랜드의 대표인 아티스트, 두 팬덤의 특성을 마케팅에 녹여내는 일은 그런 내게 너무나도 큰 즐거움이었다. 예를 들면 아티스트의 화보 비공개 컷을 브랜드 인스타그램에서 공개한다든가, 매거진 촬영 현장에서 찍은 영상을 활용해 브랜드 인스타그램 콘텐츠를 만들어 업로드하는 일을 했다.

공식 론칭 전까지는 브랜드 인스타그램을 통해 다양한 바이럴 콘텐츠를 제작하며 기대감을 한껏 부풀렸다. 이 브랜드가 첫선을 보인 팝업스토어는 오픈 전날부터 사람들이 길게 줄을 설 정도로 그야말로 대성공이었다. 나는 현장에서 직접 팝업스토어에 초청된 셀럽들의 인터뷰를 촬영하고 실시간으로 인스타그램에 공유하면서 빠르고 생생하게 현장의 분위기를 전달했다. 그 후 각지에서 여러 차례 팝업스토어가 열렸고, 나는 온·오프라인 가릴 것 없이 마케팅에 나섰다. 홍보 디자인 및 콘텐츠 제작은 팀 내부적으로 자율성을 최대한 존중해주었기 때문에 나의 창의성과 덕심(!)을 마음껏 발휘할 수 있었다. 점차 나는 브랜드의 성장이 나의 성장과도 같다고 생각할 정도로 과한 자의식을 반영하며 일을 해나갔다. 다른 브랜드와 협업한 콘텐츠도 만들고, 여름에는 여러 페스티벌에도 참여했는데 현장에서 실시간으로 콘텐츠를 만들어 인스타그램으로 공유해야 하는 '일'을 하면서도, 나는 일이라는 의식보다는 재미있게 놀고 즐기는 중이라고 느낄 뿐이었다.

선택의 조각들

이 주류 브랜드의 인스타그램을 운영하면서 겪은 몇 가지 해프닝이 있다. 브랜드 대표인 아티스트의 신곡 뮤직비디오 티저 영상이 공개되었을 때의 일이다. 뮤직비디오 콘셉트가 피처링 가수인 아이유가 촬영 현장에 오냐, 안 오냐 하는 이야기를 담고 있었다. 티저 영상이 공개되자마자 브랜드 계정으로 빠르게 댓글을 달았다.

"아이유 님 제발 와주세요ㅠㅠ 이 술 백 병 드릴게요…."

'주접' 댓글을 적고 나니 불현듯 떠올랐다. 아이유 님은 다른 주류 브랜드의 모델이셨던 것이다! 순간 깜짝 놀라 **"아 맞다, 지은 님 참이ㅅ…"**라고 댓글을 추가로 달았다. 그런데 거기에 아이유 님이 댓글을 달아주신 게 아닌가.

"이런 도발적인 발언 삼가주세요. - 참이슬 모델 아이유 올림"

위트 넘치는 이 댓글은 SNS상에서 빠르게 퍼져 나가며 화제가 되었다. 다들 재미있어해주신 덕에 나도 가슴을 쓸어내렸다.

또 한번은 평소처럼 인스타그램을 하다가 우연히 배우 손예진 님의 사진을 보게 되었다. 사진 몇 장을 보다가 손예진 님의 계정에 들어가 혼자 사랑(?)을 키우며 팔로우까지 했는데, 세상에! 그게 브랜드 계정이었던 것이다. 한참 동안 모르고 있다가 팬들의 제보로 뒤늦게 그 사실을 알게 되었다. 브랜드 인스타그램은 대표인 아티스트 계정 단 하나만 팔로우하고 있었는데, 목록에 갑자기 손예진 님이 추가되니 팬들 사이에서는 손예진이 이 주류 브랜드의 모델이라는 소문이 퍼졌다. 당시 거론된 광고 카피는 '이 술 마시면 나랑 사귀는 거다?'였다.

다행히 해프닝은 일단락되었고, 손예진이 아닌 대표인 아티스트를 모델로 한 새 화보 촬영을 진행했다. 이를 활용해 브랜드 옥외 전광판 광고를 할 예정이었는데 감사하게도 팀에서 그 광고 디자인을 나에게 맡겨주셨다. 어렸을 때부터 연예인을 대상으로 한 엔터테인먼트 디자인을 하고 싶었는데, 바야흐로 그 꿈이 실현되는 순간이었다. 이미 아티스트의 비주얼 자체로 완성이기는 했지만, 거기에 숟가락을 살짝 얹어 옥외 광고판 디자인을 잡았다.

내가 디자인한 광고판이 홍대 입구 대로변에 걸린 날, 만감이 교차했다. 지금 저걸 보는 사람들은 내가 디자인했는지 아무도 모르겠지만 그런 건 하나도 중요하지 않았다. 그때 나는 뉴욕의 타임스퀘어도, 런던의 피커딜리 서커스도 부럽지 않았다. 홍대 한복판에 서 있는 내 마음은 형용하기 어려운 뜨거운 감정으로 가득 차올랐다.

이 주류 브랜드 프로젝트는 여러모로 내 인생에 잊지 못할 경험이다. 디자이너이자 콘텐츠 제작자로서 창의력을 쏟아낼 수 있는 기회의 장이었고, 못다 이룬 꿈에 대한 결핍을 200% 이상 채우며 더 큰 곳을 바라볼 수 있게 해주었다. 무엇보다 너무너무 흥미롭고, 설레고, 재미있었다. '일'이라는 게 단순한 노동이 아니라 내 열정을 키워가는 무대로도 자리 잡을 수 있다는 것을 알게 되었다.

이따금씩 내게 일어난 일이 어떻게 이루어졌는지 생각해보곤 한다. 내가 블로그를 하지 않았더라면. 우연히 인터넷으로 만난 남자여행 님에게 이웃 신청을 걸지 않았더라면. 그리고 그때 그에게 댓글 하나를 달지 않았더라면. 내가 하나투어에서 일을 하지 않았더라면 국외여행 인솔자라는 직업을 알지 못했을 테고, 또 마침 그 출장이 발리가 아니었다면 희준이 형을 만나지 못했을 텐데. 내가 인스타그램에 디자인 작품을 올리지 않았더라면? 그냥 좋은 관계를 유지하는 형 동생으로만 남았을 텐데. 이렇게 쭉 생각의 꼬리를 물고 올라가다 보면 결국 모든 일이 서로 영향을 주고 있었음을 다시금 깨닫게 된다. 이 세상 모든 일은 무의미한 행동이 하나도 없다. 나는 재미있는 걸 택하며 살았지만, 허투루 하진 않았다. 선택에 최선을 다하다 보면 어느새 작은 조각들이 끼워 맞춰지듯 현재의 나를 만들어낸다.

모든 일은 연결된다

인연은 여기서 끝이 아니었다. 내가 주류 브랜드 프로젝트를 함께하고 나서 이번엔 노아가 또 다른 유명 아티스트의 브랜드와 일을 하게 되었다. 이 역시 희준이 형이 제안해준 일이었다. (늘 감사한 마음이 있지만 글을 적다 보니 우리 둘에게 희준이 형은 정말 귀인이라는 생각이 더욱더 든다.) 가수이자 화가로도 활동 중인 아티스트가 미술적 감각을 반영해 운영하고 있는 카페 브랜드였는데, 브랜드를 리뉴얼하며 그 방향성에 맞춰 인스타그램을 운영해줄 담당자가 필요했다.

이 카페를 총괄하는 회사에 계셨던 희준이 형의 지인분이 앞의 주류 브랜드의 성공적인 론칭 과정과 인스타그램 운영 성과를 보시고, 희준이 형에게 카페 브랜드 인스타그램 콘텐츠를 담당할 인력을 물어보셨다. 희준이 형은 자연스럽게 나에게 조언을 구했고, 나는 노아를 추천했다. 노아는 처음에는 자신이 없다고 망설였다. 인스타그램 콘텐츠 운영은 일러스트와는 전혀 다른 분야였으니까. 하지만 이 기회가 지금 하고 있는 일러스트 창작 활동을 넘어서 노아에게 새로운 영감을 줄 수 있을 것이라는 나의 말에 용기를 내 도전하기로 결정했다.

노아는 곧 그 아티스트의 예술적 감성과 카페의 독특한 분위기를 콘텐츠에 녹여내기 시작했다. 카페의 메뉴와 함께 카페 곳곳에 숨겨진 미적 디테일을 포착해 팔로워들에게 감각적으로 소개했고, 아티스트가 직접 그린 그림에 대한 이야기부터 카페 방문객들의 이야기까지 콘텐츠에 모두 담아내며 카페의 정체성을 생생하게 전달했다.

종합예술공간인 이 카페에서는 브랜드 굿즈도 제작했다. 신상 굿즈들이 나오기 시작했을 때 삐까뚱씨로서 싱가포르로 떠나는 여행 일정이 잡혔다. 그때 카페의 굿즈들이 노아의 숨어 있던 꿈을 다시 꺼내게 만들었다. 패션에 푸욱 빠져들었던 학창 시절, 노아는 패션 잡지 속 사진을 보며 본인도 런웨이를 걷는 꿈을 꾸었다고 한다. 그랬던 노아가 인스타그램 운영자를 넘어 카페 브랜드 굿즈의 '모델'로 거듭난 것이다!

싱가포르의 화려한 도심 속에서, 그리고 숨겨진 골목길 사이에서, 노아는 카페의 굿즈들을 하나씩 착용하고 카메라 앞에 섰다. 마리나베이샌즈의 빛나는 건물 앞에서 모자를 쓰고 서 있노라니, 각양각색의 건축물이 노아를 비추는 거울이 되어주었다. 그립톡을 부착한 휴대폰으로 셀카 찍는 포즈를 취하고, 텀블러를 들고 싱가포르의 더운 날씨를 즐겼다.

노아의 화려한 모델 데뷔(?)는 곧 많은 이들의 관심을 끌었고, 카페 브랜드의 인스타그램 계정은 짧은 시간 안에 팔로워 수가 기하급수적으로 증가했다. 브랜드를 운영하는 아티스트도 이러한 노아의 콘텐츠들을 좋아해주셨다. 어느 날 노아는 카페 야외 좌석에 큰 캔버스를 설치하자는 아이디어를 제안했고, 아티스트는 그 캔버스에 직접 그림을 그렸다. 그가 그림을 그리는 모습은 곧 SNS에서 화제를 모았고, 그 작품은 카페를 방문하는 이들과 팬들에게 새로운 볼거리가 되어주었다.

노아의 이런 시도들이 큰 관심을 끌자, 카페는 더 많은 예술가들과 협업해나갔다. 노아와 브랜드의 성공적인 협력은 이 카페를 예술과 문화가 공존하는 공간으로서 한층 더 업그레이드했다. 카페 곳곳에는 다양한 예술 작품이 전시되었고, 예술가들은 카페를 자신의 작품을 선보일 전시회장으로 활용했다. 이러한 변화는 새로운 방문객을 불러모았다. 운영하는 아티스트의 국내외 팬들은 물론, 예술을 사랑하는 사람과 창의적인 아이디어와 영감을 찾는 이까지 카페는 더욱 많은 사람들에게 인기 있는 명소가 되었다.

이 '힙한' 카페 브랜드는 노아에게 예술적 감각과 센스를 맘껏 펼칠 수 있는 장이 되었다. 나 역시 '핫한' 주류 브랜드와의 작업으로 경력에 또 하나의 중요한 이정표를 세울 수 있었다. 무슨 성공담을 자랑하려는 게 아니라, 우리가 어떻게 서로를 도우며 함께 성장해나가고 있는지를 말하는 것이다. 그리고 우리의 경험이 개인의 성취를 넘어서 자신이 속한 커뮤니티와 나아가 사회에까지 긍정적인 영향을 끼치는 그 선순환에 조금이나마 일조했다는 사실이 참 가슴 벅차다.

곰돌이 아빠 빵집 가다

혼자서 여행 유튜브를 운영했을 당시, 캘리포니아 관광청의 초대로 오프라인 파티에 참여한 적이 있다. 그때 만난 김훈 셰프님. 캘리포니아주 샌프란시스코 미슐랭 식당에서 일을 했던 경험으로 이태원 경리단길에 태국 식당 '쌉'을 오픈해서 인기를 끌고 있었는데, 그 행사의 강연자로 초청이 되어서 온 것이었다.

그게 훈이와의 첫 만남이다. 행사를 통해 훈이와 알게 되고, 식당에 자주 방문하면서 자연스럽게 친해졌다. 그 땐 정말 존경스럽고 멋있어 보였는데 지금은 그냥 우리의 푼수 친구가 되었다. 우리와 함께 일본 후쿠오카 여행을 가서 '뻔쩍이'라는 삐까뚱씨 구독자명을 지어준 주인공이기도 하다.

그는 요리의 마법사이자 모험가였다. 호주 워킹홀리데이에서 요리를 시작해 호주와 미국 미슐랭 스타 식당을 거쳐, 세계 여행 후 이태원에 태국 식당 '쌉'을 성공적으로 론칭했다. 그리고 아직 삼각지가 핫하게 떠오르기 전, '쌤쌤쌤'이라는 미국식 식당을 오픈하며 삼각지를 MZ의 핫플레이스로 키웠다.

훈이의 열정은 여기서 멈추지 않았다. 그의 다음 목적지는 바로 프랑스 파리였다. 정확히는 파리를 담은 크루아상 베이커리 '테디뵈르하우스'의 론칭이었다. 훈이의 상상력은 늘 그렇듯 무한했지만 이번만큼은 한 가지 다른 점이 있었다. 그의 빵에 캐릭터가 필요하다고 판단한 것이다. '쌤쌤쌤'이 성공적으로 오픈하고 삼각지의 줄 서는 대표 맛집이 되었지만, 구체적인 캐릭터의 부재로 다른 브랜드와의 협업이 어렵다고 분석했다. 최근 다른 요식업 브랜드를 보면, 그곳을 상징하는 캐릭터가 있고 이를 활용해 다른 업체들과 컬래버레이션을 하며 인지도를 키운다. 훈이는 마치 빵이 이야기를 건네오듯 빵과 함께 기억될 얼굴이 필요하다고 생각했다.

훈이는 친구이자 쿠키베어스로 능력을 입증한 노아에게 협업을 제안했다. 여기에 이들의 빛나는 상상력을 현실로 만들어줄 한 명이 더 합세했다. 바로 F&B 시장의 떠오르는 별, 기획의 달인 '뚜기'! 노아, 훈이, 그리고 브랜드 디렉터 뚜기. 이 삼각형은 완벽했다. 서로 다른 분야의 전문가들이 모여 하나의 목표를 향해 나아갔다. 테디뵈르하우스는 이 청년들의 열정과 창의력의 결정체였다. 뚜기는 브랜드의 정체성을 파고들었다. 그의 머릿속에서는 이미 테디뵈르하우스가 살아 숨 쉬고 있었다. 노아는 팔레트와 붓을 들고(정확히는 아이패드…) 캐릭터에 생명을 불어넣었다. 그리고 훈이는 이 모든 것을 빵으로 연결했다. 이들의 협업은 마법 같았다. 서로의 아이디어가 조화를 이루며, 새로운 도전은 순식간에 현실이 되었다.

테디뵈르하우스의 부드러운 크루아상의 느낌을 캐릭터로 표현했을 때, 노아는 곰 캐릭터가 알맞겠다고 생각했다. 물론 곰돌이 캐릭터를 좋아하는 개인적인 취향도 있었지만, 다행히도 뚜기 역시 같은 생각이었다. 테디뵈르하우스의 캐릭터 '테디'는 보기만 해도 고소한 빵 냄새가

날 것 같은 복슬복슬한 인상의 곰돌이다. 최근 유행하는 굵은 외곽선의 카툰적인 캐릭터가 아니라, 동화 속에 나올 것 같은 포근한 손그림 느낌의 곰돌이로 만든 것도 그 이유다. 테디가 테디뵈르하우스의 빵을 직접 만든다는 설정인데, 매장 내의 다양한 일러스트를 둘러보면 콘셉트와 분위기를 더 풍성히 느낄 수 있다.

기획자 뚜기는 그런 테디뵈르하우스의 브랜드 정체성이 스토리에만 치중되어서 산으로 가는 일이 없게끔 단단한 토대 위에 자신의 아이디어를 구체화했다. 이 협업은 그동안 '감'만을 의지했던 노아에게 전체적인 시스템을 파악하고 효율적으로 작업하는 법을 배울 수 있는 좋은 계기가 되기도 했다.

당시 우리는 태국 치앙마이에서 한 달 살기를 하고 있

었을 때라 상대적으로 시간이 촉박해서 이게 과연 될까 싶었는데, 역시 새로운 도전에 대한 열정과 전문적 실력의 아름다운 결합은 정해진 시간 내에 아주 효율적으로 성공적인 결과를 이끌어냈다. 세 사람의 노력의 결실로 테디뵈르하우스가 활짝 문을 열었고, 사람들은 기다렸다는 듯 줄을 서며 열광했다. 평일이든 주말이든 상관없었다. 모두가 그 문화, 그 이야기의 일부가 되고 싶어 했다. 미디어는 이 새로운 공간을 대서특필했으며, 테디뵈르하우스는 금세 삼각지를 대표하는 핫플레이스로 등극했다.

Teddy
Beurre
House

Teddy Beurre House
Teddy Beurre House
Teddy Beurre House

함께 여행할 수 있는 힘

여행지에서 사진을 찍는 것으로도 물론 그 여행을 추억할 수 있겠지만, 주변의 현장음과 움직임이 담긴 영상으로 만들면 기억의 폭이 훨씬 더 넓고 깊어진다. '삐까뚱씨'라는 이름을 내걸고 유튜브를 시작한 것이 2021년 12월. 코로나로 답답해진 마음에 최대한 멀리 떠나고 싶어 북유럽 국가인 핀란드를 우리 여정의 시작으로 잡았고, 이후로 프랑스, 튀르키예, 미국 등 많은 국가를 함께 여행하며 콘텐츠로 기록하고 있다.

각자 주력으로 삼고 있는 디자이너와 일러스트레이터의 업무 특성상, 장비만 있다면 디지털 노마드로 살기 매우 용이한 직업이기 때문에 본업을 겸하면서 유튜브를 운영하기가 비교적 부담스럽지 않았다. 혹자들은 가끔 우리를 보고 '여행하면서 돈도 벌고 좋겠다'라고 하는데, 그 말이 정말 맞다. 한 살이라도 더 젊고 건강할 때 여러 나라와 도시를 돌아다니며 다양성을 느껴보는 건 무척이나 즐거운 일이다. 우리는 그런 가운데 각자의 일과 유튜브를 통해 돈까지 벌 수 있으니 그야말로 축복이다. 게다가 영상으로 청춘의 시절을 한 페이지씩 차곡차곡 쌓고 있어 훗날 이 시간을 추억하고 기억하기에도 참 좋을 것 같다는 생각이 든다.

하지만 세상에 마냥 좋은 일만은 없듯이 우리의 일에도 고충은 있다. 대표적으로는 비용이 많이 드는 항공권과 해외여행 체류비를 기본적으로 투자해야 하는 것, 연이어 뒤바뀌는 시차에 적응하느라 컨디션 유지가 힘든 점, 언어와 문화가 다른 새로운 곳에서 예측할 수 없는 일들을 겪게 되는 것 등이 있다. 거기에 우리는 업무를 보려면 노트북이나 카메라 등의 무거운 장비를 항상 이고 지고 다녀야 하므로 체력적으로 힘에 부칠 때도 있고, 본업과 유튜브 콘텐츠 편집을 병행하다 보면 잠도 시간도 부족할 때가 많다. 하지만 무엇보다 우리를 가장 힘들게 하는 것은 이렇게 노력해서 만들어낸 영상에 안 좋은 피드백이나 악플이 달리는 것이다.

이런 고충에도 불구하고 이 길을 즐겁게 걸어갈 수 있는 이유는 단순하다. 재미있으니까! 그저 이 한마디로 모든 까닭을 정리할 수 있을 것 같다. 우리가 해외의 유명한 관광지나 정말 오고 싶었던 곳을 마주했을 때 자주 하는 얘기가 있다. '어쩌다가 우리가 이 앞에 서 있게 되었냐'는 것인데, 진짜 이 일이 아니었으면 이토록 짧은 시간에 많은 나라들을 방문하는 건 불가능했을 것이다. 그리고 시간이 지날수록 구독자(뻰쩍이들)와 조회 수가 늘면서 점점 액수가 커지는 수익 또한 일을 계속 즐길 수 있는 요소에서 무시할 수 없는 큰 부분이다. (이 수익은 전액 여행하며 유튜브를 운영하는 데 쓰인다. 우리가 좀 더 자유롭게 다양한 기획을 할 수 있도록 도와준다.) 또 하나. 창작자로서 우리 본체의 캐릭터보다는 만들어낸 결과물과 실력이 더 중요했던 기존 디자인 업무에 비해, 많은 광고주들에게 우리 자신이 캐릭터로서 거론되는 일도 그동안 본업을 통해 느껴보지 못한 색다르고 재미있는 경험 중 하나다.

그리고 우리가 늘 잊지 않고 되새기는 그 무엇보다 큰 장점! 때때로 달리는 무지성의 악플을 덮고도 남을 만큼 소중한 구독자분들의 아름다운 댓글과 응원이 너무나 값지다는 것이다. 우리 영상을 통해 일주일의 피곤함을 덜었다는 이야기, 요즘 우울한 일들이 많은데 잠시나마 잊을 수 있었다는 이야기, 가족들끼리 얘기를 잘 안 하는데 삐까뚱씨 영상을 보면서 대화가 많아졌다는 이야기, 괴로운 병상에서 힘을 낼 수 있게 되었다는 이야기 등 세상의 많고 많은 소소한 일상에 우리가 잠시나마 비집고 들어가 좋은 영향을 미치고 있다는 것은 이 일로 얻는 가치 중 가장 크고도 감사한 일이다.

ENFJ와 ISTP

우리는 참 공통점이 많다. 일단 둘 다 대학에서 시각 디자인을 전공했다는 것. 남자 디자이너가 현업에서 아직 흔하지 않음에도 불구하고 우리는 현업에서 디자이너로 만났다. 해외에서 살아본 경험이 있다는 것도 비슷했다. 나는 대학 졸업 후 필리핀에서 1년을 살았고 그 이후로 유럽 및 아시아 배낭여행을 1년 이상 다녔다. 노아는 여섯 살 때부터 초등학교 때까지 인도네시아에서 살았다. 그래서인지 둘 다 한곳에서 안정적으로 뿌리내리는 일에 중요성을 못 느끼고, 환경이 변화하는 것에도 큰 두려움이 없는 성격이다.

누군가에게는 친구와 함께 사는 일이 불편하게 느껴질 수 있겠지만, 이런 성격 덕분인지 같이 자취를 시작할 때도 별 어려움이 없었다. 디즈니를 비롯한 귀여운 애니메이션을 정말 정말 좋아한다는 것도 서로 통한다. 그래서 우리는 한집에 살면서 공통된 로망이었던 〈토이스토리〉 주인공 '앤디'의 방 만들기 인테리어까지 한마음 한뜻으로 실현할 수 있었다. 그리고 이건 나중에 안 사실이었는데, 시기는 조금 다르지만 군대 훈련소마저 파주에 있는 1사단 신병교육대대로 같았다. 세세한 부분까지 신기하게 들어맞은 우리는 서로를 소울메이트라 확신했고, 자취 초반 단 하나의 갈등도 없이 일사천리로 모든 것이 순탄하게 진행되었다.

NOAH 그때까진 그랬지. 나는 성격이 예민한 편이라서 아무리 친한 친구와도 작은 갈등은 꼭 있는 편인데, 브로디와는 신기하게도 그런 부분이 없었다.

하지만 같이 살다 보니 알게 되었다. 위에서 말한 공통점을 제외한 모든 것이 안 맞는다는 사실을…. 처음에야 '우리는 잘 맞아!' 하는 분위기를 유지하고자 다소 강

박적으로 배려를 하느라 실체가 가려져 있던 거였다. 일단 MBTI부터가 나는 ENFJ, 노아는 ISTP로 단 하나의 알파벳조차 맞지 않는다. 같은 상황에서 생각하는 회로 자체가 아예 다르게 작용하다 보니 물론 서로에게 도움이 되는 부분도 있다. 하지만 대개는 서로를 이해할 수 없다는 식으로 대화가 마무리된다. 우리의 결론은 늘 이렇다.

"그래, 너도 맞고 나도 맞다. 그렇지만 너도 틀리고 나도 틀리다."

이사를 하던 와중에 생겼던 '냉장고 사건'도 성격 차이를 극명하게 보여주는 일화 중 하나다. 집에 있던 냉장고를 중고로 팔게 되어 이사 당일 거래를 하기로 했다. 우리가 사용하던 냉장고는 4인 가족이 써도 될 정도로 아주 큰 것이었기 때문에, 구매자에게 분명히 용달 아저씨와 함께 남자 한 명 이상은 동행해달라고 부탁했다. 하지만 그 구매자는 황당하게 본인도 나타나지 않고 덜렁 용달 아저씨 한 분만 오시게 했다. 인간관계를 중시하고 가치 판단을 하는 ENFJ인 나는, 기다리는 용달 아저씨를 앞에 두고 다시 구매자에게 연락해서 '왜 본인은 안 오셨냐', '이러면 판매할 수 없다'라는 말을 하는 수고로 정신적인 에너지를 소비하고 싶지 않았다. 그러느니 차라리 내가 빨리 도와줘서 해결을 하는 편이 낫다고 생각했다. 하지만 논리적이고 사실 판단을 하는 ISTP 노아는 절대 그런 나를 두고 볼 수 없었다.

NOAH 분명히 거래 전 남자 한 분 이상은 도와주러 와야 한다고 말했고, 우리도 이사하느라 정신이 없는 상황이었다. 용달 아저씨가 기다리시는 것에 대한 미안함은 우리가 아니라 구매자의 책임이지, 당연히! 그리고 냉장고를 옮기다가 혹시라도 다치기라도 한다면? 그건 어디서도 보상받을 수 없으므로 이 상황은 구매자가 직접 해결하는 게 맞다고 생각한다.

결국엔 불편한 분위기를 견디지 못한 내가 먼저 용달 아저씨를 도와 냉장고를 보내주긴 했지만, 그 문제로 우리는 이사 내내 껄끄러운 공기에 휩싸여 있어야 했다. 이런 생각 차이로 터진 갈등이 수도 없이 많다. 그때마다 '어떻게 그렇게 생각할 수가 있냐?'며 서로를 외계인 보듯 한다. 지금도 매일같이 싸우지만 그래도 이제는 안다. 오늘도 나와 또 다른 세상을 한층 더 이해하게 되었다는 것을. 너도 맞고 나도 맞고, 너도 틀리고 나도 틀리다.

안 맞는 톱니바퀴가 굴러가는 이유

성향 차이는 여행을 할 때도 확연히 드러난다. 나는 자연이 만든 우연, 아름다운 풍경에 감동받는 반면 노아는 인간이 만든 필연, 예술적인 건축물에 감동을 받는다. 튀르키예의 유명 관광지인 파묵칼레는 눈처럼 하얀 석회층 지역으로 유네스코에 등재된 세계문화유산 도시다. 나는 파묵칼레를 수차례 방문했지만, 웅장한 석회층을 마주할 때마다 자연에 늘 압도당하며 깊은 감명을 받았다.

함께 튀르키예 여행을 갔을 때, 그 감동을 노아와 같이 나누고 싶은 마음에 파묵칼레를 둘러보기로 했다. 힘들게 야간 버스를 타고 도착한 곳에서 노아는 하얗게 덮인 광경을 보고 감동은커녕 무미건조하게 '페인트산'이라는 표현을 썼다. 오히려 석회층의 위쪽에 위치한 히에라폴리스(기원전 190년에 시작된 도시유적)를 보고 열광했다. 지금처럼 기술이 발달하기 전인 고대에 어떻게 이런 웅장한 도시를 기획하고 설계했을까 하며 감탄을 금치 못했다.

NOAH

난 자연이 만든 것에는 감탄이 별로 없는 편이다. 왜냐하면 그건 자연이니까. 말 그대로 '자연'적으로 생겨난 '자연'스러운 것들. 물론 '예쁘다, 아름답다'란 감정은 들지만 그냥 그 정도일 뿐 감동으로 다가오진 않는다. 신이 자연을 만들었다면, 그건 신이기 때문에 아주 쉽게 만들었을 거란 생각이 든다.

미국 애리조나에 있는 그랜드캐니언 앞에서도 노아는 그 세계적인 절경이 들으면 섭섭할 정도로 심드렁하게 '그냥 민둥산'이라고 말했다. (어떻게 그럴 수가 있는 거지.) 내 입에서는 '우와, 우와' 소리가 멈추지 않았는데 말이다. 반대로 프랑스 파리의 루브르 박물관 광장에서 노아는 건물 외벽의 동상들을 보고 감탄을 쏟아내며 연신 사진을 찍어댔다. 나는 단순히 그 시절 실력 좋은 조각가가 만든 정교한 작품 정도로만 느껴졌다.

NOAH 반면 인간이 만든 조각품이나 구조물 같은 것들에는 크게 감동을 받는다. 그건 누군가의 예술적 감각과 기술이 반영된 하나의 '작품'이기 때문이다. 어떻게 인간으로서 저런 생각을 했지? 어쩜 이리 정교한 표현을 했지? 특히 루브르 박물관 광장에서 볼 수 있는 동상들은 디테일을 보면 그 섬세함과 오묘함에 정신을 잃을 정도다. 심지어 요즘같이 기술이 발전한 시대에도 하기 힘든 작업을 그 때는 손으로 한 땀 한 땀 조각했다는 것이 도무지 믿기지가 않는다.

내가 디즈니랜드에 자주 가는 것도 이런 맥락이다. 물론 디즈니 캐릭터를 무척 좋아하는 이유도 있지만, 디즈니의 세계관을 반영해 만든 테마파크 조경과 디테일이 돋보이는 인테리어를 봄으로써 배울 수 있는 부분이 많다. 세계의 내로라하는 작가들과 기술자들이 어떤 생각과 목적으로 만들었는지 탐구하는 게 너무 재미있다. 특히 나는 외부보다는 상대적으로 사람들의 관심을 덜 받는 어트랙션 내부 줄 서는 곳의 구조 인테리어를 좋아하는데, 그곳의 디테일은 진짜 미친 수준이다. 그래서 오히려 줄이 긴 놀이기구를 탈 때, 차례를 기다리면서 그런 구경을 할 수 있어 더 신이 난다.

이렇게 달라도 너무 다른 우리가 한 팀이 될 수 있는 것, 좀처럼 상대를 이해하지 못해 밥 먹듯 싸우지만 서로의 멱살을 끌고 함께 일할 수 있는 힘은 무엇일까. 아마도 삶의 즐거움을 느끼는 포인트가 같기 때문일 것이다. 인터넷에 찾아보니 ENFJ(브로디)와 ISTP(노아)는 '이중성의 관계'로, 모든 유형 중에서 가장 잘 어울리고 편안하며 거의 완벽한 정신적 도움을 줄 수 있는 관계라고 한다. "이 관계는 자연스럽게 자신의 모습 그대로를 드러내고도 용납되고, 서로의 결점을 보완하며 필수불가결한 존재가 될 수 있다." 이어서 이런 설명이 추가되어 있었다.

"이 세상에 진실한 사랑이 있다면 이들이 나누는 사랑이 될 것이다."

이 문장을 읽자마자 동시에 으악 하며 실로 경악했다. 하지만 곰곰 생각해보면 어느 정도 이해가 되는 말이다. 많은 부분에서 다름에도 불구하고 이상적인 관계를 맺기 위해서는 둘 사이를 엮어주는 공통의 관심사와 비슷한 가치관이 필요하다. 우리도 마찬가지다. 그래도 6년이나 붙어 있었으면 서로 깎여 조금이라도 맞물려야 하는 것이 이치일 텐데, 아직도 삐걱삐걱 전혀 맞지 않는 두 톱니바퀴가 굴러가는 이유, 지금까지 우리가 발견한 것은 딱 이거 하나다.

'하고 싶은 일을 지금 바로 해야만 하는 것.' 이 강렬한 신념은 우리의 삶에 강력한 에너지와 의미를 부여해준다. 바로 이 가치관이 지금의 삐까뚱씨를 만들어준 원동력이 아닐까. 작게는 '아, 오늘은 마라탕이 먹고 싶은데?' 하면 다이어트고 뭐고 일단 주문부터 하고, 크게는 '디즈니랜드 가고 싶은데 미국 가자!' 하면 바로 비행기 티켓을 알아보는 것. 재벌 2세가 '아, 라멘 먹고 싶은데 일본 좀 다녀올까?' 하는 느낌이 아니라는 건 독자분들도 아시겠지. 우리에겐 재력 대신 추진력이 있다. 각자 삶에서 재미를 느끼는 순간들을 너무나 중요하게 생각하는 우리는 하고 싶은 일이 있으면 현실적인 바운더리 안에서는 즉시 행동해야 한다.

갑자기 지진이 와서 모든 것이 허물어진다면? 내일 당장 내가 이 세상에 존재하지 않게 된다면? 못 해본 일 많아서 어떻게 저승으로 가겠냐 하는 말을 평소 자주 나눈다. 어떤 삶의 가치가 더 낫다고 주장하고 싶은 것이 아니다. 우리는 재미를 추구하는 삶을 선택한 것일 뿐, 누구에게도 전파하고 싶은 마음은 없다. 단지 이렇게 살아가는 30대 남자들도 있다는 이야기를 하고 싶다. 이런 우리를 보고 누군가는 미래에 대한 계획도 없이 참 철딱서니 없이 산다고 하지만, 우리에게 있어서는 지금 진짜로 내가 좋아하는 삶을 사는 것이 어쩌면 미래를 위한 진정한 준비가 아닐까 싶다.

NOAH 돈도 그래. 이고 지고 갈 거 아니잖아. 내가 사고 싶은 거 사고, 먹고 싶은 거 먹으면서 그렇게 원 없이 즐기면서 살아야지. 뭐, 일단 나는 그렇게 생각한다!

ISTP
ENFJ

PART 4

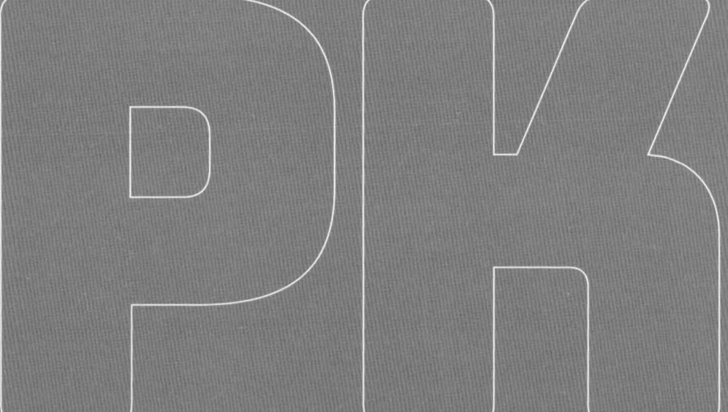
PK

행복은 바로
여기 이 순간에

취향, 나를 찾는 지도

취향에 대한 이야기를 좀 더 해볼까 한다. 일단 취향이 아주 확고한 노아. 좋아하고 싫어하는 것이 그렇게 분명할 수가 없다. 그만큼 자기의 마음이 원하는 선택이 어떤 것인지를 굉장히 빠르게, 그리고 명확하게 파악한다. 난 진짜 이게 너무너무 신기하다. 어쩜 그리 한 치의 망설임도 없이 선택할 수 있는 거지?

나는 노아와는 다르게 취향이 뚜렷하지 않다. 내 마음인데도, 내가 어떤 것을 좋아하고 싫어하는지 확실히 파악하는 게 어렵다. 별로 흥미가 없는 것이 주어졌을 때도 그냥 본능적으로 거기서 최대한 흥미를 찾으려고 노력한다. 예를 들어 쇼핑몰에서 만약 혼자였다면 들어가지 않을 것 같은 매장에 상대방이 가자고 한다면, 단순히 그

친구를 위해 '가준다'는 마음을 넘어서 '관심 없는 브랜드 매장이지만, 그래도 나한테 필요한 무언가가 있지 않을까?'라는 생각이 든다.

하지만 노아는 절대 그런 생각이 들지 않는다고 한다. 그래서 나는 종종 선택을 두고 고민하고 한 가지를 결정할 때까지 시간이 좀 걸릴 때도 있다. 특히 식당이나 카페에서 메뉴를 고를 때 극대화되는데, 들어가기 전부터 이미 먹을 것을 정하고 들어가는 노아와 메뉴판을 정독하며 어떤 것이 지금 최고의 선택일까 고민하는 나의 갈등은 이제 뭐 갈등 축에 끼지도 않는다. 그래서 때로는 노아처럼 명쾌한 결정을 내리는 게 정말 놀랍기도 하다. 노아는 자신의 취향을 잘 알고 있을뿐더러 그 취향에 대한 행동과 선택이 매우 깔끔하다.

반면에 나는 내가 어떤 것을 좋아하는지 싫어하는지도 제대로 모른 채, 좋게 말하면 신중하게 다른 말로는 우유부단하게 어찌저찌 결정을 내리는 편이다. 그러던 중 프랑스 파리에서 유명한 베이커리들을 순회하는 빵지순례 콘텐츠를 찍다가 갑자기 나의 취향을 깨닫고 울컥했던 일화가 있다.

먹을 거라곤 뭐든지 좋아하는 나지만, 하루에 여러 종류의 빵을 먹다 보니 내 나름대로 빵 취향이 갈리는 거 아니겠는가…. 그동안 나는 스스로를 호불호 없이 모든 걸 좋아하고, 싫어하는 것 안에서도 흥미를 찾아내고 즐기는 개척가라고 생각했다. 그 성격이 나의 자부심이기도 했다. 하지만 빵을 통해 나 역시 분명한 취향을 가진 사람이었음을 새삼 깨닫게 되었다. 빵에 설탕 코팅이 되어 있거나, 과일과 크림이 많이 첨가된 자극적인 맛보다는(물론 주면 안 남기고 잘 먹음) 소금빵이나 크루아상과 같이 기본적인 재료로 만들어진 빵을 더 좋아한다는 사실을 알게 된 것이다. 이러한 깨달음을 다름 아닌 먹을 거에서 찾았다는 게 좀 '킹받긴' 하지만…!

취향이 확실하지 않다고 해서 그것이 곧 취향이 없다는 뜻은 아니었다. 취향은 내 안에 존재하고 있었으나, 단지 평생을 외쳐왔을 나의 내면의 소리에 집중하지 않았던 것일 뿐이다. 그렇다고 하루아침에 노아처럼 명확한 결정을 내리는 사람이 될 수는 없겠지만, 앞으로 나의 취향을 더 많이 이해하고 존중하기 위해 노력할 것이다. 그것이 결국에는 나를 더 행복하게 만들어주리라 믿는다. 왜냐하면 그 이후로 크루아상을 먹을 때마다 나한테 굉장히 기특한 생각이 들기 때문이다. '아, 오늘도 내면의 소리에 집중했네? 앞으로는 어떤 취향을 나에게 또 이야기해줄래?' 하고 말이다.

취향이 부른 참사 1

이 취향 문제가 우리의 여행에 적용되면, 위험할 때가 있다. 취향에 대해서 내 마음의 소리에 귀 기울이자고 마무리를 지었지만, 나는 일단 여행지 자체나 여행지에서 하는 액티비티에 대한 호불호가 상대적으로 적은 편이다. '좋고 싫은 것'이라기보다는 '좋아하는 것, 그리고 덜 좋아하는 것'으로 존재한다. 하지만 노아는 자신만의 분명한 기준과 취향이 있기에 여행지나 액티비티에 대한 호불호도 명확하다. 게다가 추가로 자기가 싫어하는 여행지를 억지로 가거나, 액티비티를 억지로 했을 때에 뿜어 나오는 특유의 부정적인 기운이 있다. 난 이걸 굉장히 싫어한다. (어? 취향 정확해진 건가?)

이 속성은 누가 맞고 틀리고가 아닌 기본값으로 타고

난 성격인 것이다. 자, 그렇다면 일본의 한 쇼핑몰에서 옷 쇼핑을 하는 선택지와 네팔에서 히말라야를 트레킹하는 선택지가 있다고 하자. 나의 경우에는 둘 다 좋아한다. 물론 내면의 소리에 집중해 딱 하나만 선택해야 한다면 순위가 나뉠 순 있겠지만 둘 중 싫은 건 없다. 쇼핑은 예쁜 옷을 사고 나를 꾸밀 수 있으니까 좋고, 트레킹은 새로운 도전을 하고 아름다운 경치를 볼 수 있으니까 좋다. 주어진 두 선택지 다 불만이 없다. 하지만 노아는? 히말라야 트레킹은 그의 사전에 없다. 노아는 사람들이 등산을 왜 하는지 이해조차 못하는 캐릭터다. 그렇다면 일본에서의 쇼핑은? 당연히 좋아한다. 아주 그냥 미친다.

여기서 중학교 때 배운 교집합 개념을 가져오면, 우리 중 아무도 불평하지 않고 모두가 좋아하는 쇼핑이 교집합이므로 이 편을 선택하게 된다. 둘 다 기분 좋게 쇼핑을 즐기고 아무런 문제가 없다. 그런데 위에서 '위험'하다고 한 부분이 뭐냐 하면, 이 교집합을 선택하지 않았을 때다.

나는 앞서 말했듯, 관심이 없는 분야에서도 언제나 호

기심을 품고 재미를 찾기 때문에 노아가 어디를 가고 싶다고 하면 '흔쾌히' 같이 간다. 이건 노아를 위해 가주는 개념이 아니라 그가 가고 싶다고 말하는 순간부터 내게는 새로운 흥밋거리가 되는 것이다. 그래서 노아를 따라나서더라도 거기서 나만의 즐거움을 찾으며 여행지를 누리고 돌아온다. 이게 삐까뚱씨 유튜브에서는 부산에서 배를 타고 일본 후쿠오카에 갔던 여행('부산에서 일본까지 비즈니스 크루즈 타고 가보기_일본 EP.1')과 구마모토에서 갔던 온천 마을 여행('홀딱 벗고 들어가는 4400원 일본 온천에 가다_구마모토 2')이다. 심지어 온천 마을에서는 노아보다 내가 더 신나서 여러 온천을 돌아다니며 혼자 즐겼다.

반대로 노아는 원하지 않았고 내가 원해서 갔던 여행지는 인도네시아 발리의 누사페니다라는 섬('맨날 싸우는 친구와 2박 3일 발리 여행')과 스위스 융프라우('찐친이랑 스위스 여행 시작부터 싸웠다_겨울유럽 EP.3')다. 어떻게 업로드한 영상 제목도 둘 다 싸웠다는 내용인지…. 이 문제는 우리도 그렇고 구독자분들도 의견이 분분한 사항이기는 한데, 지금은 그래도 우리 나름의 현명한 해결책을 찾은 상태라 앞으로는 크게 걱정되지 않는 부분이다. 하지만 아직 해결책을 찾기 전이었던 발리와 스위스 사건을 살펴보도록 하자.

일단 발리 여행부터 말하자면, 누사페니다 섬은 내가 전부터 정말 가보고 싶던 곳이었다. 인스타그램에서 영상 하나를 봤는데 산 정상에서 바라보는 경치가 무척 예뻐서 내 눈으로 꼭 한번 담고 싶었다. 그래서 노아에게 가자고 요청했고, 노아는 흔쾌히 같이 가주겠다 했다.

이 개념은 참 모호하고 예민한 뉘앙스가 있는데, 누가 누군가를 위해서 '가준다'라는 개념은 가자고 제안한 사람이 일단 한 수 지고 들어가는 게임이다. 둘 다 모두 좋아서 '함께 간다'의 개념이 아니라 '한 명은 가고 싶고, 한 명은 가기 싫음에도 너를 위해 가주겠다'라는, 좋게 말하면 배려를 동반한 여정인 것이다. 그렇다면 상대방은 그 배려를 받고 즐겁게 가야 하는 게 맞겠지만, 함께하는 사람의 기분을 살피는 게 최우선인 나 같은 성격의 사람들은 여행의 출발부터가 이미 부담을 잔뜩 안고 떠나게 되는 길인 셈이다. 섬으로 가는 차 안에서부터 나의 고민은 시작된다.

'괜히 나 때문에 너무 일찍 일어나서 피곤하지는 않을까? 차가 이렇게 덜컹거리는데 불편하지 않을까?'

이게 나와 같이 가주는 사람을 향한 아주 선한 의도의 배려 차원에서 그친다면 좋겠으나, 문제는 여기서 더 나아가 망상에까지 이르게 된다는 것이다. 잠깐이라도 다른 이유로 상대방이 한숨을 쉬거나 얼굴을 찌푸리는 상황이 생기면, 나는 즉각 '왜 그러지? 이 여행이 가기 싫은가? 나 때문에 짜증 나나?'라는 걱정으로 이어진다. 어느 정도 피해의식도 있을 거란 생각이 든다.

그렇지만 그냥 내 안에 자동적으로 드는 감정이라 어떻게 제어를 하기가 힘들다. (그래도 지금은 많이 고치고 있다.) 심지어 배를 타고 섬에 도착했을 땐 비까지 내렸다. 그럼 나는 무조건적인 사고회로로 우선 노아의 표정을 살핀다. 역시 좋지 않았다. 내 속에서는 지금 내리는 비보다 더 굵은 장대 같은 비가 퍼붓는다. 우리는 누사페니다 1일 투어를 신청해서 왔는데, 그 투어에는 여러 경치를 볼 수 있는 트레킹 코스와 점심 식사, 그리고 스노클링이 포함되어 있었다.

일단 첫 코스로 스노클링을 마치고 와보니 샤워 시설이 심하게 열악했다. 투어비도 저렴한 편이 아니었건만, 가이드도 투어사 직원들도 샤워 시설에 대해 그다지 적극적으로 안내를 해주지 않아서 나도 좀 실망스러웠다. 하지만 지금 내 기분 상태가 중요한 게 아니었다. 나를 위해 같이 '와준' 노아의 마음이 우선이었다. 한 번 지고 들어간 게임에서 내가 먼저 알아서 두 번, 세 번, 네 번이나 지고 있는 것이다. 역시나 노아의 얼굴은 죽상이었고, 어떻게든 노아의 기분이 더 나빠지지 않도록 오히려 내가 나서서 더 나은 샤워 시설을 찾아 안내해줬다.

그러고 나서 먹었던 점심 식사에서도 노아는 만족스러워하지 않았고, 나는 또 안절부절못했다. 여태까지 몇 번이나 지는 게임을 하는 건지 셀 수도 없다. 그래도 중간중간 노아가 즐기거나 웃는 모습을 보면 안심이 됐다가, 이어서 조금이라도 부정적인 표현을 하면 난 어떻게 이 문제를 해결할까에 대한 생각으로 빠졌다. 결국 그렇게 노아의 마음을 살피다 투어를 마쳤다. 당연히 나를 위해 '와준' 노아에게 고마운 마음이 컸기에 다행히도 이때의 일은 싸움으로 번지지 않았지만, 지금도 내겐 꽤 피곤한 여행으로 기억에 남아 있다.

NOAH 브로디의 말만 보면 내가 엄청나게 깐깐하고(좀 예민한 건 맞음) 나쁜 사람이 된 것 같은데, 오해가 될 만한 부분은 바로잡고 넘어가야겠다. 일단 나는 누사페니다 투어를 별로 원하지 않았지만 브로디가 정말 가고 싶다고 한 곳이기 때문에 같이 '가준' 것이 맞다. 그러나 이후에 있었던 일들은 단지 그 상황 자체에 짜증이 난 거지, 투어를 제안한 브로디를 향한 것이 절대 절대 절대 아니다. 이 부분에서 본인이 문제를 해결해주려고 애쓴 건 마땅히 고마운 일이지만 그렇게까지 하지 않아도 된다.

섬에 도착하자마자 비가 왔다. 나는 비 맞는 것을 되게 싫어한다. 게다가 아침부터 머리도 만지고(고데기도 했음) 내 딴엔 인생샷을 찍기 위해 많은 준비를 하고 갔는데, 첫 코스가 스노클링이라니. 분명 제일 마지막 코스라고 했는데…. 아침에 비가 조금 오는 바람에, 더 심해지기 전에 빨리 체험해야 한다면서 일정을 바꿔버렸다. 아침부터 일찍 일어나서 준비를 한 게 다 물거품이 되는 것이 너무 짜증 났다. 물론 그 상황에 말이다. 그래서 그냥 내 사진 찍는 건 포기하고 브로디 사진을 많이 찍어줬다.

그러고 나서 샤워를 하러 가는데 샤워 시설도 왜 이렇게 그지 같은지. 투어비도 다른 투어사보다 더 비싸게 주고 왔는데, 쥐라도 나올 것 같은 열악한 샤워실로 안내를 해줬다. 그리고 밥도 너무 맛없었음. 이런 안 좋은 상황들이 연속되자 다 내려놓고 브로디만 행복하게 잘 즐기기를 바랐다.

브로디는 그런대로 밥도 맛있게 먹은 것 같고, 자기가 원했던 경치를 보더니 엄청 좋아하는 눈치였다. 그래서 나도 마음이 놓였다. 그렇게 브로디만 행복했으면 된, 그것만으로 나 역시 만족스러운 여행이었다. 내가 평소에 워낙 부정적인 표현이 강한 편이고 이성적인 성격이다 보니 브로디가 이렇게 마음고생을 했을 거라곤 상상도 못 했다. 그저 안 좋은 상황에서만 욱했을 뿐 전혀 브로디를 원망하거나 브로디에게 짜증 난 게 아니다. 적고 보니 무슨 변명처럼 보이지만 진짜임!

취향이 부른 참사 2

발리에서의 기억이 몹시 피곤했기에, 비슷한 상황이 발생하면 꼭 초기에 대화를 나누어야겠다고 다짐했다. 그리고 맞이한 대망의 스위스 여행. 그곳에서 다시 한번 마주한 이 문제를 우리는 지혜롭게 풀어낼 수 있었다.

스위스의 인터라켄에 있는, 유럽의 지붕이라 불리는 융프라우 산맥은 내가 대학생 시절 배낭여행을 왔을 때 예산이 부족해서 과감히 포기했던 여행지였다. (당시에도 입장 패키지 가격이 20만 원 했던 것 같다.) 그렇게 10년 만에 다시 오게 된 스위스인 데다 이제 융프라우 정도는 고민 없이 시원하게 갈 수 있는 어른이 되었다는 뿌듯함에, 또 10년 전 이루지 못한 그 꿈을 이루고 싶은 마음에서라도 꼭 가보고 싶었다.

이번에도 노아는 별로 내키진 않았지만 나를 위해 '가주기로' 했다. 독일에서 아침 기차를 타고 출발하는 일정이라 나는 또 나를 위해 '가주는' 노아의 기분을 새벽부터 챙기기 시작했다. 이런 날에는 왜 일마다 더 꼬이는 건지…. 아침에 기차역으로 가는 길부터 지하철을 잘못 타고 헤매는 등 정신없는 일들이 많았고, 스위스 바젤이라는 곳에서 인터라켄으로 가는 기차를 환승해야 하는데, 바젤로 향하는 기차가 예정보다 늦게 도착해서 하마터면 인터라켄행 기차로 환승을 못 할 뻔하기도 했다. 다행히 바젤 기차역에서 내리자마자 전속력으로 달려서 딱 1분을 남기고 아슬아슬하게 환승을 하긴 했는데, 기차 안에서도 노아는 계속 잠만 잤다.

이런 일련의 과정을 겪는 동안 안 그래도 눈치를 많이 보는 나는 망상까지 더해져서 가는 내내 여러 가지 상상을 하며 고통의 시간을 보냈다. 우여곡절 끝에 인터라켄에 도착해서 숙소에 체크인을 했지만 노아는 숙소도 별로였는지 들어오자마자 온갖 불평을 쏟아냈다. 지금 생각하면 평소와 같은 정도의 표현이었는데, 내가 계속 죄책감(?)을 갖고 있는 상태다 보니 노아의 한마디 한마디에 타격이 더 세게 느껴졌다. 게다가 마운틴뷰라고 안내받은 방에서는 산이 아닌 기차역만 보였다.

야, 이거 뭐야? 완전 그지뷰잖아?

기차뷰야. 그지뷰가 아니고.

이게 무슨 마운틴뷰야. 마운틴이 어딨어. 진짜 개 콧구멍이 마운틴뷰야.

여느 때라면 웃고 넘어갈 대화지만, 스위스에 온 것이 나의 제안이었기 때문에 여기서 발생하는 모든 부정적인 일들은 전부 내 탓이라는 생각이 들었고, 들려오는 모든 부정적인 평가 역시 다 내게 하는 말인 것만 같았다. 나는 이렇게 필요 이상으로 외부의 문제를 나의 내면으로 끌고 들어와 동일시하는 경향이 있다.

군대를 전역하고 고등학생 때 활동하던 교내 합창단의 동문 음악회를 기획해서 공연 준비를 했던 적이 있었다. 그때도 총기획자로서 준비 과정에서 발생하는 크고 작은 문제들이 모두 내 문제라고 생각되었다. 하루는 동문이 아닌 고등학교 재학생들의 연습 시간을 지도하러 갔는데, 대다수의 학생들이 연습 시간을 잘못 알고 참석을 하지 못했다. 그때 함께 있던 동문들이 재학생들을 다그치자, 나와 공연을 너무 동일시해서 그랬는지 이 모든 화살이 내게 집중되는 느낌이라 매우 힘이 들었다. 스위스에서도 노아는 그냥 방에 대해서, 또 순간순간 느껴지는 감정에 대해서만 다른 때와 같이 얘기했을 뿐인데 그 반응을 나에게로 돌려 스스로를 더 힘들게 만들었다.

그 후 융프라우 입장권을 사러 기차역에 있는 티켓 부스에 갔는데 날씨가 좋지 않아서 오늘보다는 내일 입산하는 것을 추천한다고 했다. 그렇다고 내일 날씨가 나아질 거라고는 확신할 수 없었고, 오늘이라도 갑자기 날씨가 바뀔 수 있는 상황이라 엄청난 고민에 빠졌다. 입장료만 두 명에 40만 원이기 때문에 오늘, 내일 둘 다 갈 수 있는 상황도 아니었다. 여러 가지 경우의 수를 생각하며 어떻게 할지 의논을 하고 싶었는데, 당시 내가 느낀 노아의 말은 심히 차가웠다.

 이건 네가 보고 싶은 거니까 네가 결정해.

네가 보고 싶은 거? 내가 결정하라고? 역시 이 여행은 나만 원해서 온 것이구나. 서운함이 차올랐다. 결국 확률적으로 더 날씨가 좋다고 예보되는 다음 날에 입산하기로 하고, 인터라켄 시내 구경을 하러 기차역을 나왔다. 그런데 이 마음으로는 도저히 좋은 기분으로 시내 구경을 할 수 없을 거란 생각이 들었다. 그간 잦은 싸움으로 터득한 교훈이 하나 있는데, 자주 생기는 의견 차이나 여행 중 서로에게 느껴지는 안 좋은 감정이 있으면 속에 쌓아두지 말고 바로바로 얘기를 하자는 것이었다. 그래서 아침부터 느낀 이 부담스러운 감정이 큰 화로 번져 터지기 전에, 노아의 마음을 섣불리 추측하지 말고 지금 어떤 감정으로 여행에 임하고 있는 건지 얘기해보기로 했다.

 넌 스위스에 전혀 오기 싫었던 거야?

 아니. 나는 오기 싫지도 않았고, 오고 싶지도 않았는데?

 그래. 나만큼 이곳을 100% 원하지는 않았잖아?

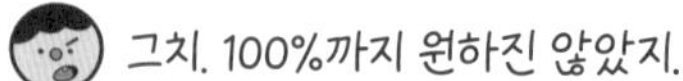

그치. 100%까지 원하진 않았지.

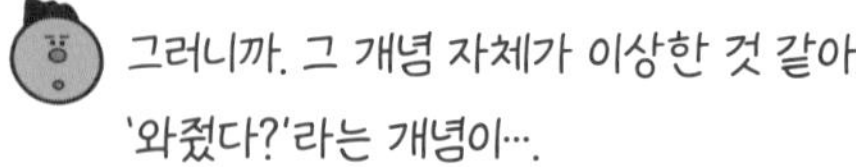

그러니까. 그 개념 자체가 이상한 것 같아.
'와줬다?'라는 개념이….

왜? 왜? 어떻게 동시에 둘이 똑같이 좋아할 수가 있어?
무슨 일심… 자웅동체야, 뭐야?

근데 네가 계속 이곳에 오기 싫었다는 느낌을 풍기니까,
속마음이 어떤 건지 물어보는 거야.

내가 무슨 느낌을 풍겼는데?

아까 숙소 들어가서도 무슨 산뷰가 어쩌고저쩌고….

야. 그건 직원이 산뷰라고 했는데, 실제론 산뷰가 아니니까
아니라고 한 건데…. 그게 왜?

지금 너한테 따지는 게 아니라, 네가 했던 말을 받아들이는
과정에서 혹시 오해가 있었나 잘 정리해보자는 거야.
나는 네가 스위스에 오기 싫은데 나 때문에 억지로 왔다는
생각을 하고 있거든? 근데 그게 아니라면 '아니다. 그런
걱정하지 말아라'라고 하면서 대화를 하면 돼.

내가 여기서 여행 오기 싫었다고 너한테 말한 적 있어? 난
그 뭐야…. 그 융… 융단… 거기?(융프라우) 좋지도 않고 싫지도
않아. 막 기를 쓰고 가서 '너무 보고 싶어~' 이런 맘 1도 없어.
그치만 너가 너무 보고 싶어? 어! 난 가줄 의향이 있어.

가줄 의향이 있다…. 요기를 짚고 가자는 거야.
이 발언이 지금 옳은가?

문제의 포인트는 나를 위해 '와줬다'라는 표현이다. 이 개념 자체가 내게는 있을 수 없는 일이기 때문에 노아를 이해할 수 없었던 것이다. 내가 원했던 곳이 아니고 노아가 원했던 곳을 갔다면, 나는 노아를 위해 '와준' 게 아니라 내게 가자고 했을 때부터 이미 그곳은 나한테도 '가고 싶은' 곳일 테니까. 내 회로는 그렇게 움직이는데, 왜 너는 그러지 않는지에 대한 실망일 수도 있고, 더 나아가서는 상대방의 마음도 나의 마음과 같기를 바라는 이기적인 마음일 수도 있겠다.

다행히 속마음을 나누면서 이런 점을 바로 인식할 수 있었기에 더 큰 문제로 번지진 않았다. 그리고 노아 역시 본래 의도와는 상관없이 자신의 발언과 표현이 어느 정도 잘못됐음을 인정하고, 내가 껄끄럽게 느낄 수도 있었겠다는 걸 돌아보며 서로를 이해하는 대화를 나누었다.

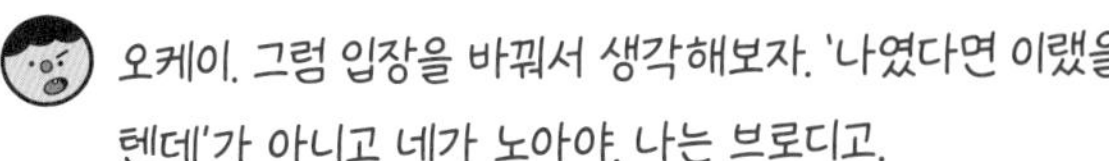

오케이. 그럼 입장을 바꿔서 생각해보자. '나였다면 이랬을 텐데'가 아니고 네가 노아야. 나는 브로디고.

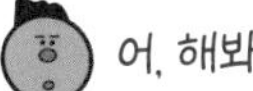

어, 해봐.

(브로디 빙의) 내가 스위스를 어쩌고저쩌고 10년 만에 오는데, 같이 가줄 수 있어?

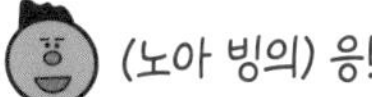

(노아 빙의) 응!

지금 '응'이라고 대답한 노아의 의도와 마음은 뭘까?

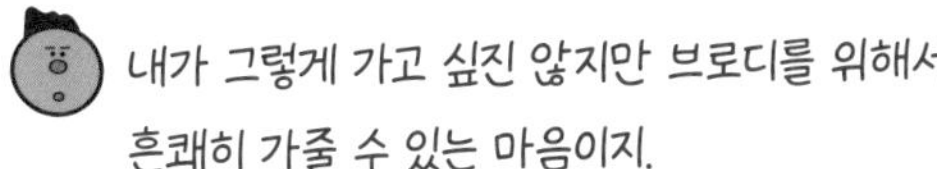

내가 그렇게 가고 싶진 않지만 브로디를 위해서 흔쾌히 가줄 수 있는 마음이지.

그래, 그거야. 흔쾌히! 흔쾌히 가줄 수 있는 마음인데, 옆에서 내가 자꾸 '아, 가기 싫어하겠지? 저것도 그냥 하는 말일 거야…. 여긴 나만 오고 싶었던 거야'라고 생각하면 마음이 어때?

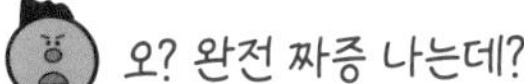

오? 완전 짜증 나는데?

그래! 그게 내 마음이라니까?

아, 입장을 바꿔보니까 정말 명쾌하네. 나는 '흔쾌히' 따라왔는데, 그 흔쾌히에 대한 배려가 없는 것 같아. 오히려 더 서운한 마음이 들 수도 있겠다.

그치?

이런 마음이었구나…. 그럼 반대로 해보자. 네가 오고 싶었던 곳을 내가 따라온 거야. 너는 속으로 미안하고 고마운 마음이 공존하지만 미안한 마음이 더 큰 상태.
그때 내가 '아, 뭐야. 숙소 그지 같네', '여긴 물가도 왜 이렇게 비싸냐' 이러면 마음이 어때?

아무렇지 않은데? 그냥 숙소 안 좋구나, 물가 비싸구나.

아니? (웃음) 짜증 나잖아! 자꾸 그런 부정적인 에너지를 뿜어내면!

(웃음) 그래그래. 무슨 말인지 알겠다.

각자의 입장을 받아들이고 나니, 마음속에서 피어오르던 의아함(그리고 분노 조금)이 풀렸다. 노아는 자신의 표현이 내 감정에 어떤 영향을 미쳤는지 깨닫고, 나도 노아가 이 여행에 참여하는 동안 느꼈던 감정을 이해하게 되었다. 우리의 싸움(까진 아니었지만)은 항상 서로를 더 깊이 알아갈 수 있는 계기가 된다. 그래서 어떤 문제로 싸우게 될 때도 항상 그 끝엔 교훈이 있을 거란 믿음이 있다.

대화를 마치고 난 뒤 인터라켄에서의 나머지 시간은

쓸데없는 걱정을 내려놓고 한층 편안한 마음으로 보낼 수 있었다. 서로에 대한 오해가 씻긴 개운한 상태에서 다음 날 우리는 융프라우로 향했다. 아쉽게도 날씨는 전날과 별 차이가 없어 안개에 싸인 새하얀 풍경밖에 보지 못했지만 그런대로 재미있게 즐겼다. 10년 만에 다시 찾은 스위스에서 그토록 바랐던 융프라우의 아름다움을 눈으로 담진 못했어도, 이 여행은 우리가 서로를 깊이 이해하고 갈등을 건설적으로 해결하는 방법을 배운 기회이기에 더욱 값진 시간이었다. 관계 유지의 핵심 열쇠는 언제나 서로의 감정과 생각을 솔직하게 표현하는 것이다.

여행의 목적

너는 여행을 하는 목적이 뭐야?

나? 귀여운 거 보는 거.

노아의 세계는 온통 귀엽고 예쁜 것들로만 가득 차 있는 느낌이다. 여행의 목적이 '귀여운 거 보는 것'이라는 노아의 대답은, 많은 이들에게 신선한 충격을 줄 수도 있을 것 같다. 대부분의 사람들은 여행에서 새로운 문화를 경험하거나, 아름다운 풍경을 보거나, 혹은 그 지역의 맛있는 음식을 즐기는 것을 목적으로 삼는다. 하지만 노아에게 여행은 귀여움을 발견하는 것이란다. 노아가 생각하는 여행은 귀여운 것들을 쌓아놓은 전시회를 보러 가는 것이다. 그렇게 세상을 보는 독특한 렌즈를 통해 모든 것을 관찰하는 듯하다.

실제로 해외 여행지에 가서 우리가 꼭 들르는 곳은 백화점의 장난감 코너다. 노아는 마치 이 장난감 코너만을 위해 여행 온 사람처럼, 갑자기 무언가에 빙의한 듯 몰두하며 온 구역을 휘젓고 다닌다. 나도 장난감과 귀여운 것을 좋아하긴 하지만 오로지 이 '귀여운 것'에만 초점을 맞춘 집중 모드의 노아는 상상 이상이다. 하루는 진짜 궁금하기도 하고, 한편으로는 걱정이 되기도 해서 이런 질문을 한 적이 있다.

 아니, 왜? 저런 건 한국에도 많은데 굳이 여기서?

 (인형을 마구 장바구니에 담으며) 난 지금 공부를 하는 거야.

귀여운 것들을 사고 싶어서 핑계를 대는 것 같았지만, 아주 허튼 말은 또 아닌 게 노아가 해외의 소품이나 귀여운 굿즈를 보며 느끼는 감탄은 실제로 단순한 즐거움을 넘어서 창의적 영감으로 이어지기도 한다. 이렇게 여행 중의 소비를 통해 노아가 추구하는 자신만의 독특한 삶의 가치와 취미 영역이 그에게 얼마나 소중한 것인지 알 수 있다. 그걸 보면 여행의 목적은 우리가 세상을 어떻게 바

라보는가에 대한 방식과도 긴밀하게 연결되어 있는 것 같다. 여행을 하면서 귀한 시간과 돈을 쓴다는 것은 결국엔 자신의 관심사와 열정이 어떻게 표현되고 있는지를 반영하는 것일 테니까.

노아의 이야기를 듣고 나니, 나도 생각에 잠기게 된다. 내가 여행을 하는 목적은 무엇일까? 노아처럼 나만의 명확한 답을 가지고 있나? 아니면 여전히 그 답을 찾아가는 과정일까? 노아는 귀여운 것들을 보며 '어떻게 이런 귀여운 생각을 했지?' 감탄하는 것이 여행 중 느끼는 큰 행복이라고 한다. 동시에 내가 노아에게 느끼는 감탄은… '어떻게 그리 명확하게 자기 마음을 잘 알지?'라는 것이다.

내가 같은 질문을 받았더라면 과연 무슨 대답을 할까? '어떻게 해야 내 진짜 마음이 담긴 최고의 답변을 할 수 있을까?' 고민하면서 '내가 제일 우선으로 두는 가치는 뭘까?' 등을 떠올리며 헤맬 텐데, 노아는 그렇지 않다. 머릿속에 그런 정리가 평소에 너무 잘 되어 있다. 자신의 관심사를 정확히 알고, 이를 삶의 여러 면에서 적극적으로 추구하며 살아간다. 이런 태도는 필요 이상으로 복잡스러운 나의 사고회로에 단순명료한 답을 준다. '자신의 관심사와 열정을 탐구하기.' 그리고 이것을 삶의 지침으로 삼아야 한다는 것.

나는 항상 여행을 나를 발견하는 과정이라고 말하는데, 정말 이만큼 자신을 발견하기 좋은 방법이 어디 있을까. 여행 중 발견한 작고 귀여운 것들을 통해 큰 영감을 얻는 노아처럼 말이다. 사람마다 여행의 목적은 다를 수 있고, 그게 바로 여행이 깨닫게 해주는 다양한 가치의 아름다움일 것이다. 결국 각자에게 맞는 답을 찾아나가며, 이 과정에서 진정한 삶의 방향을 발견하는 것이 아닐까?

요리하는 마음

우리가 함께 살기 시작하면서 신기했던 것 중 하나는 둘 다 요리를 즐겨 한다는 것이다. 여기서 중요한 차이는 나는 요리를 잘하고, 브로디는 좋아만 한달까? 나는 정석에 기반한 말 그대로 '요리'를 한다면 브로디는 본인의 창조적인 예술 감각을 시도해보는 '도전'을 한다. 그래서 나는 그냥 평균보다 '조금 못 미치는?' 아니면 '평균 정도?'의 맛을 낸다면, 브로디는 대부분 '이게 뭐지…?' 하는 요리를 하지만 그래도 가끔은 10분의 1 타율로 엄청 엄청 맛있는 요리를 해내기도 한다.

아무튼 같이 자취를 한다고 했을 때, 누구 한 명만 요리를 담당하거나 부엌살림을 좋아하지 않는다면 갈등이 일어날 법도 한데 이 부분에서는 아직까지 부딪치는 게 없다. 하루는 내가 카레 요리를 하면서 브로디에게 양파와 당근 썰기를 부탁했는데, 정말 깜짝 놀랄 방법으로 재료들을 썰고 있었다('같이 사는 남자들의 코스트코 장보고 집밥 해 먹는 일상 vlog'). 요리에 정답이 어디 있겠냐마는, 아무리 그렇다고 해도 살다 살다 당근을 세로로 세워서 써는 광경은 처음 봤다. 뭐, 다행히 다치지 않고 카레 요리가 잘되어서 먹고 있는데 문득 브로디가 물었다.

"넌 어쩜 그렇게 레시피도 안 보고 요리를 해? 엄마가 가르쳐주셨어?"

딱히 엄마한테 요리를 본격적으로 배운 건 아니었지만, 그 질문을 듣고 나니 나도 갑자기 궁금해져서 자기 전 침대에 누워 과거를 되짚어보았다. 요리와 가족, 그리고 그 사이에 얽힌 이야기들을 풀어내는 것은 마치 오래된 앨범을 펼쳐보는 것과 같았다.

일단 외할머니가 음식점을 하셨던 시절로 거슬러 올라간다. 할머니 음식점이 우리 집의 요리 학원이었다면,

엄마는 그 학원에서 가장 공부를 잘했던 학생이었을 거다. 나는 직접 다니진 않았지만, 매일 그 학원에 다니는 친구가 끝나고 나오기를 기다렸던 역할? 쉽게 말하면 요리를 잘하셨던 할머니가 엄마에게 요리를 가르쳐주셨고, 나는 엄마가 해준 음식을 받아먹으며 '간'이라는 것을 배웠다. 간이란 음식의 영혼이라 할 수 있으니, 이 영혼을 이해하는 것은 곧 요리의 반은 성공했다는 뜻이다. 할머니와 엄마 밑에서 나도 자연스레 간에 무척 민감했는데, 멸치가 들어간 국 한 숟갈을 먹으면 '아, 멸치로 국물을 냈구나!' 하고 귀신같이 알아차릴 정도였다. 그래서 어떤 메뉴를 생각하면, 굳이 찾아보지 않아도 저절로 그 음식의 재료가 떠오르기도 한다.

그리고 부모님이 맞벌이를 하셨기 때문에 어렸을 때부터 내가 먹고 싶은 음식은 어설프게라도 직접 장을 봐서 요리하며 내공을 키워왔다. (다시 한번 말하지만 평균 혹은 그 이하의 맛을 내는 거지 요리를 뛰어나게 잘하는 건 아니다.) 웬만한 건 대충이라도 흉내를 낼 수 있지만, 어렸을 때 엄마가 자주 해주셨던 고추장찌개만은 아무리 시도를 해봐도 그 맛이 나질 않았다. 한번은 고등학생 때 부모님을 위해 저녁 식사를 준비하면서 처음으로 고추장찌개에 도전해봤는데, 엄마가 내가 만든 것을 보고 매우 놀라셨다. 나는 웃으며 말했다.

"어렸을 때 많이 해주셨던 고추장찌개를 만들어보고 싶었어요. 엄마에게 그 맛을 되돌려주고 싶었는데 엄마가 해줬던 맛이랑 다른 것 같아요."

엄마는 나를 대견하게 바라보며 특별한 비법을 전수해주셨다.

"이 찌개에는 꼭 넣어야 할 비밀 재료가 있어. 바로 사랑이야."

엄마가 속삭이듯이 말씀하셨다. 나는 그 말을 가슴 깊이 이해했다. 엄마의 요리에는 가족을 향한 사랑과 정성이 담겨 있었던 것이다. 이 이야기는 요리에 관한 이야기이기도 하지만, 가족에 대한 이야기이기도 하다. 지금은 너무 미운 존재가 되었으나, 한때는 내 전부였던 가족의 이야기.

돼지고기가 푸짐하게 들어간 엄마의 고추장찌개에는 특이하게도 당면이 들어갔는데, 지금도 가끔씩 생각이 날 때가 있다. 하지만 아무리 흉내를 내봐도 그 맛이 나질 않는다. 아마도 이건 재료와 레시피의 문제가 아니라 그 이상의 영역이겠지 싶다.

우리에게 결혼이란

여행을 하다 보면 아름다운 순간을 마주하며 여러 생각에 빠질 때가 있는데, 그 생각 중 하나가 바로 결혼이다. 온 인류의 평생의 토론 주제인 것 같은 이 결혼 자체에 대한 낭만적 접근보다는, 가족의 형성이란 측면에서 바라보는 것이 더 맞을 수도 있겠다. 하와이의 한 리조트에서 스노클링을 한 뒤 선베드에 누워 사람들을 구경하고 있었는데, 한 미국인 가족이 해변에서 화목하게 놀고 있는 풍경이 눈에 들어왔다. 그 모습이 그렇게 아름다워 보이면서 가슴속에 차오르는 뭔가를 느꼈다.

뭐, 돈이다, 집이다, 차다 하지만…. 결국엔 이런 모습이 제일 행복하고 아름다워 보이는 것 같아.

'나도 저런 아름다운 가정을 만들고 싶어!'라는 마음은 아니었고 그냥 결혼에 대한 노아의 생각이 궁금했다.

왜 이렇게 사람들은 결혼, 결혼, 결혼 할까?
명절에도 '결혼 언제 하냐 금지' 이런 게 밈이잖아.
결혼은 내가 취업을 하냐 마냐, 학교를 가냐 마냐 정도의 문제가 아닐까? 왜 다들 이걸 큰 이슈로 인식하지?
내가 대학을 가면 가는 거고, 안 가면 안 가는 건데….
왜 이게 중요한 문제가 된 걸까?

그러게…. 우리나라는 대가족 문화였다 보니
내 자손, 내 핏줄, 이런 개념이 너무 강해서 생긴 건가?
이것도 유교 사상인가?

그러지 않을까? 거슬러 거슬러 올라가면 늘 뭔가 뿌리가 있던데….

결혼을 한다는 건 즉 아이를 갖는 거라는 게 당연한 사고였으니까…. 요즘이야 딩크족도 많지만 전통적으로 봤을 땐 '결혼=출산'이잖아. 자녀를 키워본 사람들은 그 행복이 얼마나 큰지 아니까 경험해보게 하려는 건가?

그거보다는 박씨 집안, 현씨 집안 같은 대를 잇는 그런 사상들 때문 아닐까? 그리고 난 이거 같아. 우리가 흔히 말하는 '일반적'인 삶. 튀지 않고 무난하게 남들처럼 살아가는 것에 대한 욕구가 기본적으로 있는 것 같아.

난 그 '일반적'이라는 말도 너무 싫어.
일반적이 아니고 평균적인 거 아닐까? 아니면 대다수?
그 일반적인 행동들을 하지 않으면 내가 비정상인 느낌?

그것도 일종의 자격지심일 수 있을 것 같아.
막 한 달에 1억 원을 번다, 그러면 사람들이 놀라면서
'와~ 일반적이지 않다!'라고 하잖아. 내가 그 일반의 기준을
넘어서고, 사람들이 부러워하는 느낌이면 반감이 안 드는데,
'일반적이지 않고 이상하다'라고 취급받아서 안 좋은 감정이
드는 것일 수도 있잖아. 그리고 그 말에 발끈하는 거면,
네가 그 일반적이고 싶어 하는 걸 수도 있을걸?

어? 그건 아닌데…. 때가 되면 알아서 하거나 말거나
하는데, 참 각자 잘 살면 되는 걸. 그냥 이런 거야.
지금 당장은 회사에 취업할 생각이 없어.
왜냐, 회사가 재미없으니까? 프리랜서로 회사에서 받는
월급보다 돈을 더 잘 벌고, 잘 살고 있는데?
그런 사람에게 '언제 취업할 거야?'라는 질문을 안 하잖아.
결혼이나 취업이나 어차피 본인 삶을 위해 선택하는 건데,
그걸 왜 이렇게 중요한 문제로 생각하는 거야?

사람마다 가치가 다르겠지. 누군가는 평생의 삶의
목표일 수도 있으니까…. 그래도 뭐, 그건 자기의 가치이지
상대방에게 물어보고, 강요하고, 자기와 다르면 이상하다고
판단하는 건 좀 선 넘는 것 같긴 하다.

몰라 몰라. 각자 잘 살자야.

우리는 종종 '정상적인' 삶의 방식을 강요하는 경향이 있는 듯하다. 학교를 졸업하고, 좋은 직장에 취업하고, 결혼해서 가정을 이루는 것 같은…. 하지만 이러한 여정이 모든 사람에게 맞는 것은 아니다. 사람마다 추구하는 가치, 삶의 목표, 행복의 의미는 제각기 다르니까. 어떤 이에게는 결혼과 가족이 인생의 가장 큰 성취일 수 있지만, 다른 이에게는 아닐 수 있다. 중요한 것은, 타인의 기대와 사회적 표준에 얽매이지 않고 삶에서 진정으로 중요한 게 무엇인지 스스로에게 물으며 자신의 길을 찾아가는 것이겠다. 다른 사람들은 다 대학을 가니까, 다 회사에 다니니까, 다 결혼을 하니까 등의 기준이 아닌.

대화를 나누다 보니, 어느새 해변에서 놀고 있던 가족들이 모래놀이 도구를 정리하고 일어나 돌아가고 있었다. 나는 어쩐지 그 가족에게 인사를 건네고 싶었다. 아름다운 가족의 모습을 보여준 것에 대한 감사의 표현이었을까, 이런 대화로 이끌어준 것에 대한 보답이었을까, 아니면 그저 '이렇게 결혼 안 한 사람들도 이런 생각하면서 대충대충 잘 살고 있어요'라는 메시지를 전달하고 싶어서였을까. 그 가족들이 지나가는 쪽을 눈으로 좇아 가볍게 눈인사를 건넸고, 그들은 옅은 미소로 화답해주었다.

행복에 대한 정의

인도 여행 중 마지막으로 방문했던 코치라는 도시는 인도에서 가장 공기가 좋은 곳으로 유명한 도시다. 다른 도시에서 특히 공기로 고생을 해서 그런지 코치에 도착하고 나서는 몸과 마음이 모두 편안했다. 첫날 저녁 한 식당에서 밥을 먹었는데, 강이 바로 앞에 있어 경치도 좋았고 시원하게 살살 불어오는 공기를 맞는 기분도 상쾌해 여러모로 만족스러웠다.

 좋다. 행복.

 푸하하!

이젠 적응이 될 법도 한데, 예고 없이 훅 들어오는 나의 감성적인 감상평에 늘 소름이 끼치는 노아. 여행을 하

다 새삼스럽게 우리가 있는 장소에 대해 생각하면 무척 신기할 때가 있다. 우리가 지금 인도에 있다고? 인도에서도 이 남쪽, 이 마을, 이 식당 안에 앉아 있다고? 넓은 지구 안에서 이토록 생소한 곳에 머물고 있다는 사실을 갑자기 깨닫는 순간 알 수 없는 전율이 느껴지고, 그 분위기에 취하다 보니 나도 모르게 행복이란 단어가 입 밖으로 툭 튀어나왔다.

 사람들은 행복하길 원한다….

 얘 취했다~

 …왜 행복하고 싶어 할까?
사람들은 왜 행복해지고 싶은 것 같아?

소고기와 함께 먹은 맥주에 살짝 취기가 오르기도 했고, 행복이란 단어를 뱉고 보니 사람들은 진짜로 왜 이 행복에 그토록 집착하고 사는지가 궁금해졌다.

 기준이 높아서 그렇지! 내 행복의 기준이 높으니까!

내가 모호하게 생각하고 있는, 답을 알 수 없는 문제들에 대해서 노아는 늘 명쾌하게 대답한다.

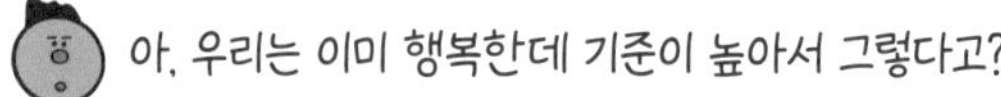

어, 이미 행복한데 그걸 모르는 거야.

내가 지금 행복한 거를…. 으음….

노아는 깊은 고찰 없이 그냥 그 당시 떠오른 것을 툭 말한 것 같았는데, 평소에 내 생각이 미치지 않았던 방향으로 도출되는 과정이 매우 흥미로웠다.

이렇게 앉아서 밥도 먹고, 휴대폰으로 보고 싶은 영상을 보고 있는 것만으로도 행복인 거야.

당장 내 손에 스마트폰이 있다는 것조차도, 엄청 행복한 조건일 수 있지…. (아련한 말투로) 맞아….

(소름 돋을 때 웃는 웃음소리)

각자 행복에 대한 생각을 하면서 잠시 정적이 흘렀다.

난 행복이란 단어가 없어져야 한다고 생각해. 그걸 찾아 헤매야 될 것 같은 느낌이야. 그러니 그 단어가 그냥 아예 없어야 돼.

해피~ 해피~ 데이~

가수 현숙 님의 〈해피데이〉 킬링 포인트를 한번 불러 보고 대화를 이어갔다.

맞아. 나도 지금 요기 앞을 보면서 물이 이렇게 잔잔하게 흐르고, 맛있는 것을 먹고 배부르고 하니까 뭔가 행복했다? 그런데 지금 느낀 이 행복에 만족하지 않고, 바로 이어진 생각이 '그렇다면 더 큰 행복을 우리가 찾아가자!'인 거야. 그래서 너한테 행복에 대해 물어본 거거든.
네가 한 말이 딱 맞네. 행복에 대한 생각을 하는 나조차도 현재의 행복을 만끽하지 않고, '더 뭘 해서~ 뭘 하자~' 하면서 지금 느낀 행복보다는 '미래에 뭐가 이뤄지면? 뭐가 생기면?' 이런 데 집중하고 있잖아.
근데 또 다르게 생각하면 이게 틀린 건 아니야. 뭔가 커다란 좋은 일이 다가오고 있다는 느낌으로 기대하며 살 수도 있는 거잖아?

맞아…. 틀린 건 아니지만, 나는 그 '행복'이라는 단어가 주는

허상이 있다고 생각해. 행복하면 내가 엄청나게 변화할 것 같고, 대단한 무언가가 기다리고 있을 것 같고…. 그렇게 사는 것도 삶의 방법 중 하나겠지만, 알잖아. 정작 이런 행복들이 다가왔을 때 거기서 만족을 할까? 또 다음을 찾는 것 같아.

그것도 그렇네. 그 행복에 만족하기보단, 결국엔 새로운 행복을 찾으며 결핍을 느끼겠구나.

진정 행복해지려면, 행복이란 단어가 어디에도 존재하지 않는 세계로 여행을 떠나야만 가능한 걸까? 우리는 서로의 생각에 동의하며 행복이란 단어에 대한 의문을 함께 나누었다. 그리고 결심했다. 행복이란 단어까지는 조금 거창하고, 그냥 순간순간 느끼는 재미와 흥미들에 더 집중하기로. 미래를 기대하는 것도 좋지만 일단은 지금 이 순간에 만족감을 느끼며, 현재의 즐거움을 만끽하면서 살아가기로 말이다.

우리의 여행은 계속되고 있다. 유튜버로서의 구독자 증가, 디자이너와 일러스트레이터로서의 커리어 성장 등 다가올 어떤 것보다는 지금 느끼는 감정들, 지금 우리 앞에 있는 맛있는 음식들과 아름다운 풍경에 더 집중하며 살자. 그리고 만족하자. 행복이란 단어를 없앤 우리들의 세계에서, 오늘도 우리는 진정한 의미의 행복을 찾아가는 여정을 이어나가고 있다.

각자 잘 살자

노아의 좌우명은 '각자 잘 살자'다. 표면적으로 봤을 때는 극강의 개인주의 성향이 돋보이는 말 같지만, '대집단주의'인 나도 그 속뜻을 살펴보면 어느 정도 고개가 끄덕여진다. 마치 시계 속 작은 부품들이 저마다의 역할을 충실히 수행하며 기계 전체의 원활한 작동을 이끄는 것처럼, '각자 잘 살자'라는 말은 개인주의의 가장 아름다운 형태를 상징하는 것일 수도 있다. 각자가 서로에게 과도한 신경을 쓰지 않고 자신의 일과 자신의 삶에만 성실히 집중하면 하나의 큰 지구라는 시계를 움직이는 데 기여하게 된다는 것이다. 서로에게 "너 왜 일을 안 해?"라고 잔소리하지 않는 것이 그 철학의 핵심이라고 한다.

인간은 넷 이상 모이기 시작하면 복잡해진다. 사실, 이 부분은 누구나 공감을 할 것이다. 서로 다른 가치관과 성장 배경을 지닌 사람들과의 갈등은 우리가 이미 수도 없이 경험한 문제니까. 그런 사회에 던지는 노아의 한마디는 서로의 삶에 너무 깊이 관여하지 않고 각자의 방식대로 살아가자는 말이다. 이는 결코 서로를 무시하자는 의미가 아니라 오히려 서로를 존중하며 각자의 공간과 자유를 인정해주자는 뜻이다.

아니, 상대방이 어떤 조언이나 삶의 솔루션이 필요할 수도 있잖아.

그럴 수 있지! 근데 그걸 그 사람이 원했어?

요청도 없었는데 가해지는 '너 그렇게 하면 안 돼', '결혼은 꼭 해야지', '결혼을 했으면 아기는 낳아야지'라는 선을 넘어선 조언이 아니라 우선 상대방 쪽이 필요해서 먼저 '나 이럴 때 어떡하지?', '결혼하면 어때?', '애를 낳을까?' 등과 같은 질문을 던져야 한다는 것이다.

무작정 간섭하고 자신의 가치관을 강요하는 것은 '극

험'이라는 노아의 각자 잘 사는 세계에서는, 사람들이 서로의 삶을 지나치게 궁금해하지 않고, 그럼으로써 결국 더 건강하고 행복한 공동체를 만든다. 매일매일 새로운 사람들에 대한 궁금증이 터지는 나로서는 조금 서운한 세상의 문화지만, 서로를 존중하며 각자의 길을 걸어가되 필요할 때는 서로를 도울 줄 아는 사회가 어쩌면 진정으로 '잘 사는' 방법일 수도 있겠다.

그럼 내가 상대방을 너무 사랑하고 좋아서 해주는 조언이라면?

그게 정말 그를 위한 사랑의 방법일까?
이기적인 사랑의 방식이 아닐까?

그렇네. 내가 좋다고 해서, 내 방법만을 강요하는 것은 어쩌면 폭력일 수도 있겠지. 드라마에 나오는 단골 갈등 유발 멘트 아닌가?

'다 널 위해서 그러는 거야.'

각자 잘~ 살면서도 서로가 원한다면 도움을 주고, 때로는 영감을 주는 것. 그것이 바로 노아가 말하는 '각자 잘 살자'의 핵심이다.

꿈 위를 걷다

초록빛, 노란빛 저마다의 색을 머금은 풀잎들이 바람에 일렁인다. 너울너울 춤추는 풀잎들 사이로 아프리카 케냐의 카페 테라스에 은은한 햇살이 쏟아진다. 나른한 하품이 일 만큼 평화로운 풍경 속 테이블 위에는 음료가 두 잔, 그리고 노트북 하나와 아이패드가 나란히 자리 잡고 있다. 머리카락을 살포시 나부끼며 간헐적으로 불어오는 바람에 지평선 가득히 뭉게뭉게 핀 예쁜 구름까지 이보다 더 좋을 수 있을까. 이 순간 나는 글을 쓰고 노아는 그림을 그리며 아름다운 풍경에 녹아 있다. 문득 나는 노아에게 물었다.

이 여행, 그리고 이 글과 그림이 우리에게 어떤 기쁨과 행복을 가져다줄까?

 뭘 그런 걸 생각해. 그냥 재미있으니까 하는 거지.

감정선이 이다지도 다른 우리지만, 이제는 굳이 공감을 기대하기보다는 그저 내가 느끼는 것들을 진솔히 표현하는 데 의미를 둔다. 내 감정에 대해 누군가의 공감을 바라는 것 자체가 욕심일 수 있으니까. 꼭 사람들에게 확인받지 않아도 그냥 다 쏟아내거나 글로 기록을 하니, 그 나름대로 해소가 되는 부분이 있는 것 같다.

나는 결과물을 기대할 만한 무언갈 해서가 아니라 이 순간 자체가 우리에게 큰 기쁨을 준다고 생각해.

(어이없는 웃음) 또 시작이네.

여기서 찍고 만들어가는 유튜브 이야기들, 우리가 그리고, 쓰는 것들이 모두 우리의 '꿈'을 이루어가는 과정인 거야.

그렇구나….(이해 못 함)

노아는 다시 아이패드로 시선을 돌렸고, 나도 타이핑을 이어갔다. 우리는 각자의 방식으로 지금 이 시간 우리가 만들어가고 있는 꿈을 기록해나갔다.

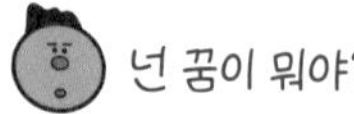

넌 꿈이 뭐야?

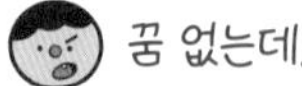

꿈 없는데.

꿈이 왜 없어? 그냥 '이렇게 살고 싶다' 같은 거 말이야.

매일매일의 목표는 있지만 꿈은 없어. 꿈은 너무 거창해…. 뭔가 그것을 찾아 쫓아가야 할 것 같은 느낌?

쫓아가면 되지.

막연한 꿈을 향해 좇는 것보단 그때그때 성취감으로 살고 있는 것 같아. 하나의 꿈을 갖고 사는 거라기보다는 그저 때마다 내가 하고 싶은 것을 이루면서 '아~ 오늘도 내가 원하는 거 했다!' 하는 마음으로. 그러려면? 욕심이 없어야 돼. 난 욕심은 진짜 없거든.

왜 욕심이 없어야 돼?

욕심이 있으면 그 꿈을 이루기 위해 달리면서 평생을 휘둘려 살 거 아니야. 너무 기 빨리지 않니? 그냥 하고 싶은 거 하면서, 즐기면서, 그때그때 맛볼 수 있는 성취감만 있으면 되지 않나?

그것도 맞긴 하지만…. 평생 꿈을 좇는 게 꼭 기 빨리는 일이 아닐 수도 있어. 나는 꿈을 쫓아다니는 게 너무 좋거든.

그럼 너의 꿈은 뭔데?

나도 억만장자가 되어서 한강뷰 아파트~ 이런 걸 꿈꾸는 게 아니야. 어쩌면 너랑 비슷한 것 같기도 해. '내가 이걸 하면 재미있을 것 같다!' 이런 거지, 뭐. 난 그냥 마음속에 어떤 세포가 뽁~ 생기듯이 꿈 세포들이 막 생겨. 언젠가는 이뤄야지 하는 목표의식도 생기고.

그게 뭔데.

너무 많지. 어렸을 때부터 연예인, 엔터테인먼트 디자인을 하고 싶었는데 원소주로 이뤘고, 항상 말했듯 라디오 진행도 하고 싶었는데 신영 누나 〈정오의 희망곡〉에 나갔잖아. 지금 책 쓰고 있는 것도 진짜 고등학생 때부터 꿈이었어. 나는 '이런 꿈들을 꼭 이뤄야지!' 하고는 그냥 살아왔지, 못 이뤄서 괴롭거나 기 빨리거나 하지는 않았거든.

어, 그거랑 비슷한 거야. 근데 '꿈이 뭐니?' 말고 차라리 '넌 미래에 뭐 하고 있으면 기분이 좋을 것 같아?'나 '버킷리스트?' 그냥 이 정도로만 물어봤으면 좋겠어.

아, 꿈이라는 단어가 주는 무게가 부담스러운 거구나?

엉. 그 꿈을 이루지 못하면 좌절이 되는 기분이니까?

결국엔 너나 나나 다 똑같은 거 아닐까? 재미있는 거, 하고 싶은 걸 하자! 그래서 우리 삐까뚱씨도 시작한 거고, 지금도 디자인하고 그림 그리고 이것저것 하고 싶은 일 많이 하잖아. 어쩌면 우리는 꿈 위를 걷고 있는 것 같기도 하다야.

걷는다는 건 여행자의 숙명이다. 꿈 위를, 여행길을, 인생이란 긴 여정을 우리는 걷고 또 걷는다. 그 길 위에 선 우리 둘은 성격부터 시작해 다른 게 너무나도 많지만, 그럼에도 든든한 동행자로 서로의 곁에 있을 수 있는 이유는 본질적인 시선이 같기 때문이다. '딱 한 번뿐인 삶에서 내가 하고 싶은 것 하고 사는 그 재미를 놓치지 말자.' 우리 둘 다 각자의 다른 옷을 입지만, 결국 같은 곳을 향해 살고 있는 것이다. (물론 개그코드가 상당히 유사함.)

노아와 내가 새로 정의 내린 꿈이란 '하고 싶은 일을 찾아가며 재미있게 즐기는 여정'이었다. 케냐의 햇살 아래, 우리는 서로를 바라보며 웃었다. 꿈을 좇는 우리의 여정은 이제 막 시작되었다. 그 길이 꼭 무거운 짐을 지고 찾아 헤매야 하는 고행이 아닐 수도 있다. 때로는 그저 발걸음을 옮기는 것만으로도, 우리는 이미 꿈 위를 걷고 있을지도 모른다.

노아는 아이패드로 스케치를 하기 시작했다. 그의 손끝에서 탄생하는 것은 이 책의 삽화가 되기도 한 우리의

‘꿈’을 담은 그림이었다. 우리가 살아온 이야기, 직업, 여행, 목표, 소망…. 무엇을 하고 있든 아무튼 그 안에서 재미를 찾아 사는 우리의 모습을 그림으로 담아냈다. 나도 옆에 앉아 노아의 모습을 지켜보며 아직 끝나지 않은 우리의 스토리를 노트북에 더 써 내려갔다.

꿈꾸지 않아도 빤짝이는 중

초판 1쇄 발행 2024년 5월 16일 | 초판 3쇄 발행 2024년 6월 5일

지은이 브로디, 노아

펴낸이 신광수
CS본부장 강윤구 | 출판개발실장 위귀영 | 디자인실장 손현지
단행본팀 김혜연, 정혜리, 권병규, 조문채
출판디자인팀 최진아, 김리안 | 저작권 김마이, 이아람
출판사업팀 이용복, 민현기, 우광일, 김선영, 이강원, 신지애, 허성배, 정유, 정슬기, 정재욱, 박세화, 김종민, 전지현
CS지원팀 강승훈, 봉대중, 이주연, 이형배, 이우성, 전효정, 장현우, 정보길
영업관리파트 홍주희, 이은비, 정은정

펴낸곳 (주)미래엔 | 등록 1950년 11월 1일(제16-67호)
주소 06532 서울특별시 서초구 신반포로 321
미래엔 고객센터 1800-8890
팩스 (02)541-8249 | 이메일 bookfolio@mirae-n.com
홈페이지 www.mirae-n.com

ISBN 979-11-6841-821-9 03810